光文社文庫

文庫書下ろし／長編時代小説

家族
名残の飯

伊多波 碧《みどり》

JN030976

光 文 社

この作品は光文社文庫のために書下ろされました。

目次

おもな登場人物

おしげ……………橋場の渡し傍にある一膳飯屋〈しん〉の女将。
おけい……………橋場の渡し傍にある一膳飯屋〈しん〉の若女将。
平助……………橋場の渡し傍にある一膳飯屋〈しん〉の料理人。
新吉……………おしげの息子。
おちか……………竹町の渡し近くにある『松屋』の芸者。まめ菊。
小倉健志郎……………一膳飯屋〈しん〉の料理人見習い。元武家。

北
東
南
西
0
1km
千住大橋
鐘ヶ淵
隅田村
小塚原
千住道
日暮里
駒込
谷中
金杉上町
新吉原
日本堤
一膳飯屋 しん
橋場ノ渡し
橋場町
向島墨堤
寺島村
今戸町
山谷堀
千駄木
下谷
鷲神社
今戸橋
竹屋ノ渡し
浅草寺
小梅村
根津権現
東叡山寛永寺
東本願寺
浅草花川戸町
隅田川
小石川
本郷
中堂
伝通院
吾妻橋
竹町ノ渡し
不忍池
新堀川
駒形町
下谷広小路
湯島天神
御徒町
御蔵前
小石川御門
水道橋
神田川
神田明神
外神田
向柳原
御米蔵
天王町
横川
大川
浅草橋
柳橋
番町
昌平橋
和泉橋
内神田
柳原土手
両国広小路
本所
田安御門
俎板橋
雉子橋御門
一橋御門
馬喰町
両国橋
回向院
竪川
清水御門
神田橋
小伝馬町
大伝馬町
新大橋
常盤橋御門
北町奉行所
駿河町
瀬戸物町
小名木川
魚河岸
江戸橋
深川
半蔵御門
江戸城
呉服橋御門
日本橋
南茅場町
仙台堀
材木町
西之御丸
南町奉行所
永代橋
鍛冶橋御門
八丁堀
組屋敷
京橋
桜田御門
霊岸島
富岡八幡宮

家族

名残の飯

第一章　家族

一

　その日は朝方から風が強かった。

　茶碗を洗い桶《おけ》につけてから裏へ出ると、物干し竿にかけておいた手ぬぐいが一枚なくなっていた。

「おや」

　小倉健志郎《おぐらけんしろう》は独《ひと》りごち、そこらに落ちていないかと辺りを見渡した。

　が、半畳ほどの物干し場には何も落ちていなかった。今朝洗って干したばかりで、師匠の平助《へいすけ》の寝間着や猿股《さるまた》は呑気《のんき》そうにはためいているのに、健志郎の手ぬぐいだけが見当たらない。

おそらく風で飛ばされたのだろう。今朝はいやに水音が高いなと思ったのだ。橋《はし》場《ば》の渡し場に近いこの家では、朝の早いうちや、夜が深まってくると川音が聞こえてくるのだが、今朝は雨戸までガタガタ揺れていた。

これはもう夏嵐に近い。晴れているから洗濯日和《びより》と勇んで、汚れ物を片付けたつもりが、とんだ失《う》せ物をしてしまった。

隣近所までさがしに行きたいところだが、そろそろ魚河岸《うおがし》へ出かける刻限だ。師匠の平助を待たせるわけにはいかないと、裏庭を後にしようと踵《きびす》を返したら、果たして窓から首を突き出している平助と目が合った。

「どうしたんでえ」

平助は仕事着を身につけ、白髪《しらが》頭に豆絞りまで巻いて、いつでも出られるなりをしている。

「いえ、何でもありません。すぐ参ります」

慌《あわ》てて裏庭から戻ろうとした健志郎を、平助が目で止めた。

「何でもないってことねえだろ」

「大したことではありません。今朝干した手ぬぐいが見当たらないだけで」

「ひょっとして、刺《さ》し子《こ》の刺繡《ししゅう》が入っているやつか。大菊《おおぎく》尽くしの」

よく見ていると、少々意外だった。

これが昨秋から世話になっている、一膳飯屋《いちぜんめしや》『しん』の女将《おかみ》の母娘《おやこ》ならばわかる。雛《ひな》人形を思わせる美しい女将おしげと、その娘で色白ふっくらの若女将おけいは
いずれも品が良く、木綿《もめん》の着物をまとっていても育ちがいいのが窺《うかが》える人たちで、刺繍の柄にも詳しい。

一方、平助は洒落《しゃれ》っ気とはとんと無縁なお人である。そんな平助の口から大菊尽くしなどという言葉が出てきたのが驚きだった。

「大事なものなのか」

「わたしにとっては。使い古しですが、母が刺繍をしてくれたものですので」

「ほう、喜和《きわ》さまが。大した腕前でいなさったんだな」

「や、そんな。お褒《ほ》めいただくほどのものでは」

謙遜《けんそん》したが、子としては嬉しかった。ことに世辞《せじ》の苦手な平助の口から出てきた言葉だと思えばなおさらだ。

「よし、後で俺も一緒にさがしてやるよ」

平助は亡き母を知っている。顔を合わせたのは一度きりだが、当時十だった健志郎を連れて店に訪れた母喜和を、今も憶《おぼ》えてくれているらしい。

「見つかるまで、これを使っとけ」

平助は頭の豆絞りを外した。皺《しわ》を掌《てのひら》で伸ばし、きちんと畳んで健志郎に差し出す。そして、自分はまた別の豆絞りを頭に巻いた。

「お前さんの大菊尽くしと比べると、ちっと模様が雑だけどよ。何度も水をくぐっているから、使い勝手はいいぜ」

ありがたく受け取り、健志郎は豆絞りを畳んで袂《たもと》に入れた。

「こら、しまってどうする。頭に巻くんだよ」

平助が口をとがらせた。

「わかりました。では」

健志郎は袂から手ぬぐいを出して、頭に巻いた。

「おう、男振りが上がったじゃねえか」

上機嫌の平助に付き従い、表へ出た。

いい天気だ。

夏に向かうこの時季は、空気もからりとして実に清々《すがすが》しい。

歩くうちに汗ばんでくる。

魚河岸についた頃には風も止《や》んでいた。朝から荒れていた南西の風が雲を払い、空はすっきり濃い色をしている。蝉《せみ》が鳴き、空には入道雲が広がっている。

平和な一日のはじまりだった。

まさかこの後、この町に大きな災いが降りかかるとは夢にも思わなかった。

四半刻《しはんとき》（三十分）後。

健志郎と平助はほくほく顔で魚河岸を後にした。今日も旬の魚を手頃な値で仕入れることができた。

次は青物《あおもの》市場だ。平助と肩を並べ、いつもの道を歩む。

「いい鰺《あじ》が手に入ってよかったですね」

背中の籠《かご》はずっしり重い。平助が目利きをした生きのいい鰺がたっぷり三十尾も入っているのだ。

「今日は刺身を安く出せるな」

「塩焼きにしてもおいしゅうございましょう」

この時季の鰺は、身丈《みたけ》は程々ながら脂《あぶら》がみっちりのっている。だから刺身はもちろん、さっと塩を振って焼くのもまた美味だ。

――と、これは平助の受け売りだが、新鮮な鰺のうまさは健志郎も承知している。

鰺は安価ゆえ、実家の小倉家でもこの時期によく食したものである。

「酢漬けにしてさっぱり食うのも、乙《おつ》なもんだぜ」

「暑くなってまいりましたからね。酢の味はお客さんに好まれそうです」

「あとは、つみれ汁か」

「では、葱《ねぎ》と——茗荷《みょうが》に大葉《おおば》がいりますね。店に着いたら、わたしが裏庭で摘《つ》んでまいります」

「生姜《しょうが》はあったよな」

「はい。一昨日《おとい》仕入れましたので」

「そうか。でも、ついでに買い足しておくか。余ったら天麩羅《てんぷら》にすればいいもんな」

「はい。余らなくとも献立《こんだて》に加えてはいかがですか。あれは人気の一品でございますから」

生姜の天麩羅。

思わず喉が鳴る。『しん』で世話になってから知った味だ。

辛い生姜は天麩羅にすると、甘味が出る。熱々のところを塩で食べるのもよし、行儀はともかく、甘辛いつゆにどっぷりつけてもよし。ご飯とはもちろん合うから、つみれ汁と一緒に出せば、いくらでも箸が進むこと請け合い。ことに暑くなってきた今の時季にはぴったりだ。

「なんだか俺も食いたくなってきたな」

「わたしもです」

「お、気が合うな。じゃあ、今日の賄《まかな》いは生姜の天麩羅にするか。あれはおしげさんも好きだしな」

「さようですね」

おしげは塩をつけて食す派だ。それも料理の味付けに使うものではなく、出入りの行商から買い求めた、ちょっと粒の大きな高いものを使う。健志郎も相伴《しょうばん》させてもらったことがあるが、初めて食べたときはそのおいしさに感激した。

「ああ見えて、こってりしたものを食うんだよな。細っこいくせによう」

「女将さんですか」

「どこに入るのかと思うよな。ま、俺も人のことは言えねえけど。年寄りは案外、味の濃いものが好きだから」

「だから、いつまでもお若くていらっしゃるのでしょう」

「かもな」

平助は軽くうなずいてから、

「けど、それは本人に言うなよ。また自慢が始まるからな」

健志郎は苦笑した。

おしげは美人だ。五十半ばだが、若い健志郎の目から見てもつくづくきれいだと思う。娘時分には小町《こまち》娘と呼ばれていたのだとか。自分でもよくその話をするのだが、厭味《いやみ》に聞こえないのはおしげの気取らない人柄によるものだ。

平助もそれを十分承知していて、親しみの裏返しで陰口を叩く。

娘のおけいも可愛らしい人で、皺の目立たないつるりとした顔は、とても三十七には見えない。やはり平助の揚げる天麩羅が好きで、賄いに出てくると、実に嬉しげな顔をする。

この分だと、青物市場ではまず生姜を仕入れることになるだろう。平助はおしげとおけいの喜ぶ顔が見たいのだ。傍《そば》にいるとよくわかる。健志郎も同感だ。『しん』の女将の母娘には笑顔が似合う。

それから平助も。

浅黒い横顔がほころんでいる。しなびた茄子《なす》のような面長《おもなが》で、口が大きく、黙っていると少々ぶっきらぼうに見えるが、平助は笑顔がいい。

「なあ、知ってたか？　鰺は味がいいから、〃あじ〃って言うんだぜ」

「まことですか」

それでは駄洒落ではないか。

「さてなあ」

自分から言い出したくせに、平助は首を傾《かし》げている。

「いいじゃねえか、うまければ。生姜と一緒に賄いに出してやるから、よく味わって食え。鰺は安いから誰もが食いつけているが、金を出してもいい味に仕上げるのは難しいんだぜ」

「さようでしたか」

ただの駄洒落かと思えば、真面目な話だった。

「鰺を選ぶときは、まず目を見るんだ。目が澄んでいるのがいい。白く濁っているのは、釣り上げてから間が経《た》っているから避けておけ」

平助は言いながら、えらをめくった。

「ここは真っ赤なものが新鮮な証《あかし》だ。古くなってくると、茶色っぽくなる。あとは尻な」

節《ふし》くれ立った指で鰺の身の脇の真ん中辺りを示す。小さい丸い穴が尻だ。新鮮なものはここがきゅっと締まっているのだという。忘れないよう、しっかり書き留めておかねばなるまい。

平助はざっと青物市場を廻《まわ》り、なじみの商人から次々と青物を仕入れた。迷うことはほとんどない。ぱっと目についたものを買い、健志郎の背負う籠に入れていく。店では五十文《もん》から百文で料理を出している。路銀《ろぎん》の乏《とぼ》しい旅人にとってはちょっとした銭をいただくのだから、間違っても損はさせられない。食べた後、それだけの価値があると言ってもらえるように。そういう料理を出すのが『しん』のやり方である。

旬のものは値も手頃で味も良い。近在の村から来ている青物売りは、みな平助の馴染《なじ》みだった。今では健志郎の顔も覚えてもらっている。

早々に仕入れを済ませ、『しん』に向かう。

手間がかからないのは目の確かさゆえだ。若い頃から料理人をしている平助は、青物にも魚にも詳しく、仕入れはパパッと手早い。健志郎は後についていくので精一杯だ。同じ目で選ぼうとしても、どれもよく見えて迷ってしまう。

青物市場を出たところで、平助がやおら立ち止まった。

同時に健志郎も足を止める。

ジャンジャン。

通りの向こうから半鐘《はんしょう》の音が聞こえた。

火事だ。

「どこでしょう」

額《ひたい》のところで手庇《てびさし》を作り、頭を巡らして辺りを見た。

「近いみてえだ。あっちか」

平助の指差したほうを見ると、通りの先に人が飛び出してくるのが見えた。遠目にも慌てているのが窺える。

「そうですね。行ってみましょうか」

健志郎が言うより先に、平助が前のめりに歩き出した。慌てて後を追いかけていくと、半鐘の音が近づいてきた。

ジャンジャンジャン、ジャンジャンジャンジャン。

次第に音は高くなり、風に乗って煙の臭いが流れてくる。思わず咳《せ》き込み、袖で鼻と口を覆《おお》った。

「こういうときは手ぬぐいを使え」

平助は頭の豆絞りを外して、鼻から下をすっぽり覆った。こんなときも落ち着いているのは年の功だろうかと感嘆しつつ、健志郎は真似をした。確かにこのほうが動きやすい。

火元はどこだろう。半鐘はすぐ近くで鳴っている。呼応してこちらの心《しん》の臓《ぞう》の音も高く鳴る。

「こりゃ近所だな」

「そうですね」

心配そうな平助と目を見交わし、さらに足を急がせた。

籠の持ち手をぎゅっと握りながら、四半刻ばかり無言で急いだ。煙が目に染みて痛かったが、こすっている場合ではなかった。

平助も顎《あご》を突き出し、はあはあ言いながら必死に走っている。が、いかんせん歳《とし》のせいか、若い健志郎のようには足がついてこない。

やがて平助は遅れがちになった。今にも足がもつれそうだ。このまま無理して走りつづけたら、転んでしまうかもしれない。

「師匠、これを背負ってください」

健志郎は背中の籠を下ろし、平助に託した。

「へ?」

呆気《あっけ》にとられる平助に籠を背負わせ、しゃがんで両手を後ろに差し出す。

「乗ってください」

「いや、でも、お前――」

「遠慮なさっている場合ですか。さあ、急ぎましょう」

健志郎の剣幕に圧《お》された平助が背につかまった。

立ち上がり、籠ごと平助を背負って走り出した。師匠には悪いが、このほうが早い。健志郎は幼い頃から俊足なのだ。

この強い風が厄介《やっかい》だった。梅雨《つゆ》が明けてから、半月ほど雨が降っていない。こんなときは火事が広がりやすいのだ。

ひょっとして――、と否が応でも嫌な想像が膨らむ。平助も同じことを考えているのか、口をへの字に結び、険しい顔をしていた。

半鐘を追いかけるうちに、不穏な予感がじわじわ押し寄せてきた。思った以上に火元が近い。

この道の先には『しん』がある。

健志郎と平助が走っているのは毎日の仕入れで通い慣れた道だった。通りに出てきているのは見知った近隣の人たちだ。みな慌てており、子どもの手を引いている者もいれば、どういうわけか鍋釜を背負った者もいる。

そのうちの一人が、健志郎と平助を見るなり小太りの体を揺らして駆け寄ってきた。

「ああ、良かった。二人とも無事だったかい」

町役人《ちょうやくにん》の太平《たへい》だった。

四十半ばで、橋場町《はしばちょう》の長屋の多くを受け持つ大家でもある。年上女房と一人息子の三人で、平助の長屋からすぐの表店《おもてだな》に暮らしている。

「火元はどこですか」

「この先の路地を入った家だってさ。さっき火消しが着いたところでね、みんなで川の水を盥《たらい》で運んでいるんだ。けど、この風だからね、だいぶ難儀《なんぎ》しているよ」

太平は二重にくびれた顎を横に振った。

難儀していると聞き、居ても立ってもいられなくなった。

「ああ、お待ち」

走り出しかけた健志郎を太平が制す。

「店の女将さんたちが心配なんだろう。それなら大丈夫だよ。二人とも無事だ」

「本当ですか」

つんのめりそうになりながら、立ち止まった。

「うん。さっき店を覗《のぞ》いてきたから。おしげさんも、おけいさんも元気にしていたよ。慌てなくても平気だ」

それを聞き、張り詰めていた力が緩《ゆる》んだ。

背中の平助がほっと息をついた気配を感じた。健志郎と同じく、万一のことに思いを巡らしていたのだ。

「とはいっても、気になるのが人情だ。顔を出しておやり。二人ともあんたたちを心配していたから。でも、走りなさんな。人にぶつかるといけない」

「はい！」

大きな声で返事をしてから、あらためて頭を下げた。

「おっとっと」

背中の平助が落ちそうになり、しがみついてくる。

そうだ、師匠を背負っていたのだった。健志郎は我に返って姿勢を正し、揺すり上げようとしたが、平助が苦笑いしながら下りてきた。

「やれやれ、振り落とされるところだった」

「すみません」

健志郎が謝ると、

「何言ってるんだい、平助さん。あんたがいつまでも甘えてしがみついているのがいけないいんだよ」

呆れ顔で太平が口を挟んできた。

「へへ。おぶってもらうほうが楽で、つい」

「まったく。並より達者なお人が何を言うんだい。そんな台詞《せりふ》を口にするのは十年早いよ」

「相変わらず口がうまいね。おだてないでおくんなさい」

「お世辞じゃありませんよ。——じゃあ、あたしは行くから。困ったことがあったら何でも言ってきておくれ」

太平はせかせかと去っていった。そのときになって気づいたが、履いている草履《ぞうり》が互い違いだった。よほど慌てて飛び出してきたのだろう。

ついさっき、平和な一日だと思ったのが嘘のようだ。

ともかく『しん』へ行こう。早くおしげとおけいの顔が見たかった。太平は大丈夫と言っていたが、やはり己の目で無事を確かめるまで安心できない。その気持ちはきっと平助も同じだ。

「さ、行くぜ。二人とも心細がってるだろうからな」

「そうしましょう」

ふたたび肩を並べ、急ぎ足に『しん』へ向かった。

空はからりと晴れ渡り、底抜けに明るい日射しが降りそそぐ中、不穏な半鐘の音が鳴りひびいている。

仕入れはしたけれど、今日は商いどころではなさそうだ。

火元の家の人は無事なのだろうか。何か手助けできることがあればいいがと、健志郎は歩きながら考えた。

二

水の匂いがして、川に近づいてきたのがわかった。

目深《まぶか》にかぶっている笠を少し上げ、えつよは大きく息を吸った。

木陰を選んで歩いてきたけれど、日が高くなるにつれ蒸し暑くなってきた。一息つこうと、道の端で立ち止まると、鳥のさえずりが聞こえた。

もうすぐ江戸に入るとは思えないほど静かだった。にぎやかな千住《せんじゅ》大橋を避けて渡し場を目指してきたせいか、旅人の姿もぽつぽつとしか見当たらない。

橋場の渡しに着いたときも、まだ奥州《おうしゅう》街道の続きかと思うほどだった。

近頃は舟を使う人が減ったと、人に聞いた通りだった。まだ昼前だからなのか、渡し場は閑散としている。

辺りを見渡してから、えつよは笠を脱いだ。

こもっていた熱が逃げて涼しくなり、周囲の音が近くなった。頭上の鳥の声だけでなく、足下の蛙《かえる》の合唱もよく聞こえる。せせらぎに導かれるように緩《ゆる》やかな坂を下り、川縁《かわべり》へ近づいていくと、水音が耳に迫ってくる。

えつよは笠を小脇に抱え、しばし川の流れを眺めた。

こんな長閑《のどか》なところだったのね――。

九年前、江戸を追われるときには千住大橋を使った。橋場の渡しへ足を踏み入れたのは初めてのことだ。江戸で最も古い渡し場だとは知っていたものの、自分の暮らしとは縁がなかった。

奥州街道を上ってきたときも千住大橋を使おうと思っていた。

が、いざ目の前に近づいてきたら気後れがして、脇道へ逸《そ》れた。いくら赦免《しゃめん》になったとはいえ、今さら江戸へ戻ることにはためらいがあった。逡巡《しゅんじゅん》するうち、旅人の多くは便利な千住大橋のほうへ流れていき、田んぼに囲まれた細い路地に入ってからは人の姿もまばらになった。

いざ着いてみると、橋場町は緑豊かなところだった。川に沿って町家《まちや》が建ち並び、道を一本か二本行くと、数多《あまた》の神社仏閣がある。

行き交う人もまばらで、どこか懐かしい匂いのする橋場町はひっそりとしていた。それゆえ、えつよのような身の上の女にも足を踏み入れやすかった。

江戸に戻ってきたことは親兄弟にも内緒だった。知られたら反対されるに決まっている。まあ、縁を切られているのだから、手紙を出したところで梨のつぶてだろうが。

こちらもそのつもりだから、今さら顔を出すつもりもない。えつよは天涯《てんがい》孤独の女として、江戸で生きていく。名も変えた。万が一にも昔の知り合いに会ったら、見つかる前に姿を消すつもりでいる。

この川の対岸は向島《むこうじま》だ。

商家の隠居がお屋敷を建てて住んでいるというから、女中の仕事があるだろう。住み込みさせてもらえれば、寝起きする場所もできる。独り身だから給金は安くて構わない。働きさえできれば御の字だ。

向島に行ったらまず口入れ屋《くちいや》に行くとして、その前に――、軽く腹ごしらえしておこうか。

まだ昼には早いが、向島に着いたら口入れ屋をさがし、場合によっては、すぐに奉公先へ行くことになるかもしれない。こういうのは縁だから、決まるときは早いのだ。もし口入れ屋に行ったその足で奉公先へ出向き、雇い主となる人と顔合わせをしたときにお腹が鳴っては困る。

そう思って辺りを見渡すと、頃合いの飯屋を見つけた。

小体《こてい》な建物で全体に古びているが、白木の看板は後からつけたのか、風雨の跡をさほど留《とど》めていない。

『しん』

看板には達筆でそう書かれている。

渡し場の見えるところに店を構えているのだから、お客のほとんどは旅人だろう。えつよのように、舟に乗る前にぱっと食事を済ませたい者が入る店だ。それなら女一人でも目立つまい。そう思って近づいていったのだが、まだ暖簾《のれん》が出ていなかった。

商い前か――。

ご飯の炊ける甘い匂いはするから、中に人はいるみたいだ。とはいえ準備中なら仕方ない。えつよは『しん』に背を向け、来た道を戻った。

小脇に抱えていた笠をかぶり直し、飯屋をさがして川沿いを歩くうちに、岸に着いている渡し舟を見かけた。赤銅《しやくどう》色に焼けた、恰幅《かつぷく》のいい船頭が岸辺で弁当を広げている。

「乗るのかね」

目が合って話しかけられたが、えつよは首を横に振った。せっかく食事をしているところを邪魔しては申し訳ない。

なんだ、という顔で船頭は弁当をかき込んだ。

しばらく歩いても、これといった飯屋が見当たらなかった。団子屋や甘味処はあるものの、さっきの『しん』のような店はない。米が炊ける匂いを嗅いだからか、菓子ではなくご飯が食べたかった。どうせ金を払うなら、腹持ちのいいものを口にしたい。

が、いくら行っても寺ばかり。たまに店を見つけたと思えば、立派な構えの茶屋だったりする。なるほど、それであの船頭は弁当を持参しているのかと、合点《がてん》がいった。

やむなく、橋場の渡しへ引き返した。

途中で団子屋に寄り、みたらし団子を三つ包んでもらう。毛氈《もうせん》を敷いた長床几《ながしょうぎ》で食べてもよかったのだが、店の女将にあれこれ話しかけられるのに閉口して、止めにした。

「どこから来たの」

旅姿をしていると、よく訊《たず》ねられる。

「隣村です」

そのたび、えつよは同じ返事をして乗り切ってきた。

どこへ行くのかと問われたら「お伊勢《いせ》参りです」と答えることにしている。それ以上は濁しておく。下手な嘘をつけば、必ずどこかでほころびが出る。それが億劫《おっくう》で人の多い千住大橋を避け、えつよは渡し場に来たのだった。

ひょっとして開いていないかと期待したが、『しん』はまだ暖簾を出していなかった。あきらめて、先に向島へ渡ることにした。

渡し場に立っていると、一艘《そう》の舟が近づいてきた。もっとおとなしそうな男で、弁当を広げていた船頭ではない。もっとおとなしそうな男で、大柄な体をすぼめるようにして、申し訳なさそうに舟を漕いでいる。離れていて顔はよく見えないが、背格好からしてまだ若そうだ。

船頭はゆっくり艪《ろ》を漕いできた。

近づいてみると、さほど若くもなかった。二十九のえつよより上ではなさそうだが、同じくらいか、せいぜい一つか二つ下くらいだろう。渡し場に立っているのだから、こちらがお客なのは一目瞭然《いちもくりようぜん》のはずなのに、船頭はもじもじと手振りで舟を示し、ぎこちない笑みを浮かべた。

「乗っていいですか」

えつよは呆れ気味に口を開いた。船頭がうなずき、舟を川岸につけた。そのくせ、やはり口を開かない。もう一度手振りで舟を示し、口の中でもごもご言うばかりである。

おもしろい船頭だ。まるで商売っ気というものがない。船頭の口が重いのは好都合だし、おまけに舟に犬を乗せている。ちょこんと行儀良くお座りしている姿が遠目に見えたときから、もう目が離せなかった。

ふかふかした焦げ茶色の毛に覆われた、可愛い子だった。

「隣に座らせてね」

えつよは犬に笑いかけた。舟の縁をまたぎ、腰を下ろす。

えつよが乗り込むと、犬はこちらに顔を向けた。

「お名前は？」

「あ、えっと――、ちゃ、茶太郎《ちゃたろう》です」

船頭がつっかえながら答えた。

「へえ、茶太郎ちゃん。可愛い名前だこと」

飼い主の船頭と同様おとなしいのか、茶太郎はえつよが乗り込んできてもじっとしている。穏やかな目が利発そうだ。

「撫《な》でてもいいかしら」

「ど、どうぞ」

許しを得てから手を伸ばし、そっと茶太郎に触れた。温かい。みっしり生えている毛はやわらかく、よく世話をされているのがわかる。

えつよが胸のところを撫でてやると、茶太郎は気持ちよさそうな鼻息を吐いた。

「人に馴《な》れているんですね」

「へい」

「いくつですか？」

「あ、三つです」

「へえ、三つ。道理で、若々しい顔をしてるわ。いつもこうして舟に乗せているんですか」

そうだろうと思いつつ訊ねると、船頭は気弱そうに黒目をすぼめた。

「……下りますか」

「どうしてです」

いきなり何を言い出すのだ。えつよは目を見開いた。

下りるも何も、今乗り込んだばかりだ。まだ舟は動き出してもいないというのに、船頭は艪に摑《つか》まり、えつよの顔を窺っている。何か気に障《さわ》ることでも言っただろうか。犬の名や歳を訊《き》いたのが馴れ馴れしかったのかもしれない。船頭の顔がこわばっている。

「犬を乗せているのが、気に障るのではないかと――」

と、口籠《くちご》もりながら言う。

「そんな。あたしは犬が大好きなんですよ」

「あ、ああ。そう――ですか」

船頭が下を向き、ふうっと息をついた。

「ごめんなさい。あたしが茶太郎ちゃんのことをあれこれ訊ねたから、誤解させたんですね」

「犬が嫌いなお客さんもいるので」

「ええ。でも、もし犬が苦手なら、初めから乗りませんよ。渡し舟は他にもあるでしょう」

「まあ……」

「あたしは茶太郎ちゃんがお座りしている姿を見て、この舟に乗ろうと決めたんです」

やっと船頭が顔を上げた。鼻の下に汗をかいている。えつよは懐《ふところ》から手ぬぐいを出して渡した。

「汗、かいてますよ」

「いやいや」

途端にのけぞり、船頭が声を裏返らせた。

「そんなに嫌がることないでしょう、ちゃんと洗ってありますから」

「そ、そういうわけじゃ」

両目を剝《む》き、懸《ふ》命になって首を横に振っている。

思わずプッと噴き出してしまった。

やっぱり、おもしろい人――。

茶太郎は大汗をかいている飼い主を見ていた。いったい何を慌てているのかと、不思議そうな様子だ。

笑っているえつよを見て、船頭は赤くなった。ますます汗をかいている。仕事柄、鼻や頬は日焼けしているが、元々色白なのだろう。どうにも人あしらいの下手な船頭だ。このぎこちなさで、普段どうやってお客の相手をしているのかと思う。何しろ、船頭は行き先を訊ねようともしないのだ。舟に乗るなり、茶太郎のことで質問攻めにしたこちらが悪いのかもしれないが。

なぜ茶太郎を舟に乗せているのか気になるが、その問いは胸にしまっておいた。どう見ても喋《しゃべ》るのが苦手そうな船頭を、これ以上へどもどさせるのは忍びない。

結局、船頭は差し出した手ぬぐいを使わなかった。自分でも持っているからと、固辞《こじ》された。

急に笑いが引っ込み、醒《さ》めた気持ちになった。行きずりの人を相手によけいなお節介《せっかい》をした挙げ句、断られたことが決まり悪い。

「向こう岸まで渡してください」

「へい」

顔を引き締め、船頭が艪を操った。

すうっと舟が岸から離れる。喋り方とは裏腹に手の動きは滑らかだった。口下手でも腕前はしっかりした船頭らしい。考えてみれば当然だ。舟に犬を乗せているような風変わりな流儀でやっていけるのも、しっかりした腕があってこそ。せいぜい飯炊きと掃除くらいしか能のないこちらとは違う。

早く仕事が見つかればいいけど――。

財布の中に残っているお金は多くない。今日明日は安宿に泊まるとして、一日も早く奉公先を決めたかった。

雇ってくれるならどこでもいいが、こんな犬がいたら嬉しい。自分では飼えそうにないから。まあ、贅沢な望みだけど、と考えていたとき、岸のほうから「おうい」と野太い声がした。

ふり返ると、さっき弁当を食べていた船頭だった。口に両手を当て、大きな声で叫んでいる。

風の音が邪魔をして、何を言っているのか聞きとれない。船頭が舟を止め、岸に顔を向けた。

「……大変だ」

「え？」

「火事です。近いみてえだ」

くぐもった口調でつぶやくと、船頭はいきなり頭を下げた。

「す、すみません。戻ります」

どうやらこの町で火事が起きたようだ。

艪を軸にして舟を一回りさせると、船頭は岸に戻った。今から火消しを手伝いにいくのだという。

岸に戻ると、半鐘が鳴り出した。

火元が近いのだろう。土手沿いの道で近所の者とおぼしき人たちが右往左往している。船頭は舟を杭《くい》につないでから、茶太郎を下ろした。首輪に結んだ紐《ひも》をぎゅっと握りしめ、途方に暮れた様子をしている。

「よかったら、あたしが預かりましょうか。茶太郎ちゃん」

つい口を挟んでしまった。よけいなお世話かと思ったが、船頭が困っているのを放っておけなかった。

「急ぐ旅でもありませんし。この辺りで茶太郎ちゃんと待ってます」

「でも」

「だって、茶太郎ちゃんを連れて火消しの手伝いはできないでしょう」

船頭はうなずいた。ぺこりと頭を下げ、茶太郎の紐を手渡してくれた。

「首輪の裏に住まいの、ば、場所が書いてあります。迷子になったときのための。そこで休んでいてください。汚えところですけど……、こんな川原にいるより……屋根がありますんで」

「いいんですか？」

船頭は太い首を引いてうなずくと、もう一度頭を下げてから、あたふたと仲間のもとへ駆けていった。


半刻《はんとき》（一時間）後、えつよは六助《ろくすけ》の家にいた。

渡し場から一本道をしばらく行った先の長屋が、あの船頭の住まいだった。歩いているうちに半鐘は遠くなった。火元が近いといっても、この辺りには騒ぎの声が届いていないようだ。

名は隣人に聞いた。

「まさか、あんた六さんの女房かい」

首輪の裏に書かれていた記述をたよりに長屋まで来ると、えつよと同年代の女が外に出ていた。

「いえ、あたしは――」

「なんだ、違うのかい。まあ、そうだと思ったけどさ」

隣人の女は大きな口を開けて笑った。

「舟に乗せてもらったんですけど、半鐘を聞いて岸へ引き返したんです。船頭さんはお仲間と火消しの手伝いに行ってます」

「へえ。つまり、渡し舟のお客さんってこと？　それなのに犬を預かったのかい？　六さんにしちゃ図々《ずうずう》しいね」

「あたしから申し出たんですよ。犬連れでは手伝いに行けないでしょうから。急ぐ身ではないので預かることにしたんです。川原で待っていようと思ったんですけど、船頭さんがお家の場所を教えてくれて」

「そりゃそうだよ。火消しなんて、いつ終わるかわかったもんじゃない。六さんにしちゃ、気が利いてる」

女の口ぶりには遠慮がなかった。

「船頭さん、六さんと呼ばれているんですか」

「そうだよ。六助だから六さん。おとなしくていい人さ。変わってるけど」

六畳一間の部屋はこざっぱりと片付いていた。

布団はきちんと畳んであり、汚れ物が溜まっているようなこともない。土間には古い座布団と古布《ふるぎれ》が重ねて置かれている。茶太郎の寝床だろう。居心地よさそうにととのえてある。

家に入るなり、茶太郎はトコトコと座布団の寝床に向かった。前肢《まえあし》を畳み、その上に顔を乗せる。

えつよは板敷きの上がり框《かまち》に腰を下ろし、しばらく茶太郎を眺めた。家は北向きでひんやりとしていた。冬は寒さが厳しいだろうが、今の時期は心地いい。

腰を落ち着けると、朝早く宿を発ち、ここまで歩き詰めで来た疲れが出てきた。遠慮して部屋の奥には上がり込まないつもりでいたが、眠気には抗《あらが》えず、足の汚れを手ではたいてから中へ入らせてもらった。

隅に座って六助の帰りを待つうちに、お腹が空《す》いてきた。舟に乗る前にみたらし団子を買ったことを思い出し、包みを広げる。

「くうん」

匂いを嗅ぎつけ、茶太郎が上がり框に顔を出した。

「お前もお腹が減ってるのね」

いつもなら、六助と弁当を広げている頃なのかもしれない。えつよは団子の串を外した。

茶太郎が上目遣《うわめづか》いでこちらを見上げた。

「食べなさい」

目の前に差し出して言うと、茶太郎はさっそくかぶりついた。瞬《またた》く間に三本あったみたらし団子を平らげた。見ているだけで嬉しくなるような食べっぷりだ。自分が空腹だったことも忘れてしまう。

土間に下り、茶太郎用の水入れらしき深皿を手にとり、表の井戸端へ出た。水を入れて持ってくると、待ってましたとばかりに茶太郎が寄ってきた。舌をぴちゃぴちゃ鳴らして飲み、ときおりえつよの顔を見上げる。

お腹と喉が満たされると、茶太郎は可愛い欠伸《あくび》をした。こんなふうに無防備な様子を見せるのは人を信頼している証だ。六助はいい飼い主なのだろう。それは茶太郎の毛艶《けづや》のよさからも明らかだ。

ほとんど調度《ちょうど》もない部屋を見れば、六助の暮らしにゆとりがないことはわかる。それなのに茶太郎をちゃんと食べさせているのだから、隣人の女が言う通りいい人なのだろう。変わっている、というのもそうだ。この家に座布団は一枚きり。それを犬の寝床に使い、自分は敷物なしで暮らしている。なるほど風変わりな人らしい。

半刻ばかり待っても、六助は帰ってこなかった。

「遅いねえ」

思ったより火事が広がっているのか。もしや火消しの手伝いで火傷《やけど》でも負っていなければいいが。

立ち上がると、土間の茶太郎も身を起こす。えつよの一挙一動を気にしているようだ。

犬は敏感な生きもので、言葉は通じなくとも、こちらの顔色を読んで状況を察する。飼い主の六助が帰ってこないことを犬なりに案じているのだ。

「じきに戻ってくるわよ」

たぶん。胸のうちでつぶやき、口の両端を持ち上げる。

えつよは茶太郎の首に紐をつけ、散歩に連れ出した。じっと家で待っているより気が紛れる。

茶太郎は扱いやすい犬だった。散歩は好きなようで、紐を引っ張って行きたいほうへ誘導するものの、むやみ勝手に走り出すことはない。無駄吠えもせず、あちこちに鼻を突っ込んでは匂いを嗅いで満足している。

火事は収まったのかもしれなかった。とうに半鐘は鳴り止み、辺りにも静けさが戻っている。そろそろ六助も戻ってくる頃合いと思われた。

辺りを一回りして戻ってくると、果たして長屋の近くで六助と行き合った。顔を煤《すす》で汚し、汗まみれになっている。

「お、遅くなって――」

詫びを口にする六助を、えつよはかぶりを振って止めた。

「いいんですよ。火消しのお手伝い、ご苦労さまでございました。もう火事は収まりましたか」

「へえ、どうにか」

火消しの手伝いに行ったのだ、すぐに戻ってくるなど端《はな》から思っていなかった。承知で茶太郎を預かったのだから、詫びることはない。

「それより、どうしたんです」

六助は腕に猫を抱いていた。

丸々と太った茶トラだ。火傷して鼻の頭から血を出し、しょんぼりしながらも、しっかり六助の腕にしがみついている。火消しに手伝いに行って、猫を手に戻ってくるのは珍妙なこと。もしや拾ってきたのかと、えつよは何となくおかしくなった。

「焼け出されたところを見つけて」

「あら、ま。そうだったんですか」

「も、もちろん、飼い主がわかれば返すつもりですけど。どうも見当たらなかったもんだから」

よその飼い猫を勝手に連れてきたことを責められたと勘違いしたのか、六助がへどもど言い訳を始めた。

「火傷をしているのを見て放っておけなかったんですね。さ、家に戻りましょう。手当てしますから」

茶太郎を連れて家に戻ると、荷物の中から傷薬を出した。いつもの癖で持参していたのだ。

茶トラ猫が爪を出して暴れたが、六助が押さえてくれたおかげで、どうにか傷薬をつけられた。髭《ひげ》はほとんど燃え落ちて、鼻の周りの毛も焦げて無残な姿になっているが、暴れる元気があるのは頼もしい。

「はい、おしまい」

手を離すと、茶トラ猫は爪を引っ込めた。体を押さえつけている六助の手を蹴り、部屋の隅に逃げ、尻尾《しっぽ》を太くして、シャアと威嚇《いかく》する。

「もう痛いの終わったのに。今頃怒ってら」

ぼそりと六助がつぶやいた。

「安心したから怒ってるんですよ。本当に怯《おび》えてるときはおとなしくなりますから」

「……そうかね」

「威嚇できるうちは大丈夫ですよ。でも、丸一日は様子を見たほうがいいでしょう。火傷は怖いんです」

見たところは軽そうだが、安心するのはまだ早い。火傷は急に悪化することがある。ことに猫は辛抱強い生きもので、辛《つら》いのを隠すからこちらが気をつけて見てやらないといけない。

前にも、急に症状が悪化して亡くなった子がいた。

あのときも軽い火傷だった。いや、そう見えただけで、本当は重い症状だったのに見抜けなかった。夜中に突如具合が悪くなって死んでしまったと飼い主が怒鳴り込んできたときには、呆然《ぼうぜん》としたものだ。

「詳しいんだな」

六助に感心され、えつよはかぶりを振った。

「大したことはしてません。たまたま傷薬を持っていてよかった」

「で、でも。おかげで助かった」

「いえいえ。薬をつけただけですから。もし急に様子がおかしくなったら、お医者に連れていってくださいね」

「ちゃんと手当てしたのに」

「薬は万能じゃないんです」

「元気そうに見えるけど。まだ油断できねえんだな」

六助が茶トラ猫を見やり、のそりと近づいた。

「よしよし、今日はずっと起きていてやるから」

ぼってりした手で頭を撫で、言い聞かせている。

何かあったときに、すぐ動けるように起きているという。親切な人だと思った。自分の猫でもないのに、焼け出されたところを見つけ、放っておけず拾ってきただけのことはある。

「ともかく明日の夕方まで様子を見てください。何ともなければ大丈夫。十日ほどで治りますよ。ああ、そうだ。少し薬を置いていきますね。朝と夜につけてやってください」

えつよは台所の小皿を借り、傷薬を乗せた。六助に手渡してから、荷物を背負い、土間へ下りた。

「では、あたしは行きます。お世話になりました」

寝床にいた茶太郎が起き上がり、尻尾をひと振りした。甘えたような顔でえつよを見上げる。

「じゃあね」

しゃがんで話しかけると、茶太郎は目を細めた。前肢を持ち上げ膝にかけてくる。鼻先に犬の匂いがしてくすぐったい。

嫌になっちゃう――。

寂しい女はこれだからと我ながら呆れる。

もう行こう。茶太郎に情が移ってしまわないうちに。変に長居をしては、六助に迷惑がかかる。

早く向島へ行って、住み込みで働ける先を見つけたかった。幸いまだ日も高い。今すぐに出かければ、口入れ屋にも間に合うだろう。

そう算段して急いで腰を伸ばしたとき、ぐらりと視界が揺れた。手足に力が入らず、薄膜が下りたみたいに目の前が翳《かげ》る。とっさに体勢を立て直そうとしたが無理だった。

そうだ、お腹が空いていたのだったと、えつよは土間に尻餅をついて思い出した。

驚いた茶太郎がワンワン鳴いている。

三

「あら」

おけいは台所でつぶやいた。飯台《はんだい》がうっすら砂埃《すなぼこり》をかぶっている。格子窓をきちんと閉めて寝たはずなのにどうしたのだろう。ぬれ布巾で拭くと、いっぺんに茶色くなった。

「どうしたの」

母親のおしげが台所に入ってきた。

「砂埃がすごいの」

「風のせいですよ。明け方から、ごうごうやかましかったもの」

「そうだった？　気づかなかったわ」

首を傾げると、おしげは苦笑した。

「そうでしょうね。あなたはよく寝ていましたよ。わたしは風の音で目を覚ましたけど。今日は川が荒れるわよ」

「だったら、お客さんも少ないかしら」

おしげと二人でいとなんでいるこの店は、橋場の渡し場の目と鼻の先にある。屋号は『しん』。舟を下りた先で、真っ先に目につくところにあるのがいいのか、
素人《しろうと》が切り盛りしている割に、おかげさままでよくお客が入る。けれど、川が荒れる日は誰しも舟を避けるもの。残念だが、今日はお店を開けても、あまりお客が入らないかもしれない。

「まあ、たまにはそんな日もあるわよ」

「母さんは呑気ねえ」

「あなたに言われたくないわ。いいから雑巾《ぞうきん》を持ってきなさい。お店の中も砂埃をかぶっているはずですよ。朝ご飯の前に掃除してしまいましょう」

おしげの言った通り、店中砂だらけだった。お客の座る長床几《ながしょうぎ》はもちろん、小上がりの畳もざらざらしている。おけいは戸を開け、ざっと箒《ほうき》で砂埃を掃き出した。それから雑巾で水拭きをし、最後に乾拭《からぶ》きをして仕上げる。

十人ほどで満杯となる小さな店だが、掃除が終わったときにはすっかり汗ばんで

いた。

朝から体を動かしたおかげで、ご飯をおいしくいただけそうだ。おけいは雑巾を片付けてから、米を研ぎにかかった。

おしげと二人分だから一合もあれば足りるのだが、米櫃《こめびつ》を開けてみて気が変わった。あと少しで空《から》になる。今日は米屋が来る日だから、残っている分は早めに食べてしまおうという気になった。

朝ご飯では食べきれないが、おにぎりにしておけば昼の商いの後に食べられる。そう思って多めに炊いておいたのは、後で思えば虫の知らせだったのかもしれない。

半鐘が鳴り出したのは、ご飯を蒸らしていたときだった。しかも火元がごく近いことを知らせるジャンジャンと激しい乱れ打ちを耳にして、おけいはおしげと顔を見合わせ、肝を冷やした。


「おけいにしては、いい勘でしたこと」

せっせとおにぎりを作りながら、母親のおしげが珍しく褒めてくれた。

今まで聞いたことがないくらい音が近いことに慌て、外へ出ていったら、近所の者が口々に火事だと騒いでいた。

火元は『しん』のある通りと、一本路地を挟んだ先のしもた屋だという。畑に囲まれた一角にある、年老いた夫婦が二人で暮らしている家だ。

「お二人とも助け出されたみたいで、何よりよね」

通りで近所の者を摑まえ聞いたところによると、夫は火を消そうとしたときに軽い火傷をして、妻は逃げるときに転んで膝を擦《す》りむいたそうだが、夫婦いずれも大きな怪我はせずに済んだのだとか。火元の家の傍には鏡《かがみ》ヶ《が》池《いけ》があり、そこから水を汲《く》んで早めに火消しできたのが幸いだった。

とはいえ、焼け出されたのだから、夫婦は困っているに違いない。火消しもさぞやくたびれ、お腹を空かせているだろう。そう思い、おけいはおしげとおにぎりを作っているのだった。自分たちが食べる前でよかった、もし食後だったら、米を炊くまで手間が掛かるところだったと、胸をなで下ろしている。

具は梅干しにおかか。食べやすいよう、小振りに丸く握って海苔《のり》を巻いた。できたものを皿へ並べているところへ、平助と健志郎が駆け込んできた。師匠と弟子で仲良く頭に豆絞りを巻き、前のめりに敷居をまたいだ。

「ああ、二人とも」

傍らに立っているおしげが、上ずった声を出した。

「俺たちなら無事だぜ。怪我もしてねえ。な？」

「はい、おかげさまで。女将さんたちもご無事な様子で安心いたしました」

顔を汗で光らせた健志郎が破顔《はがん》した。

「心配してくれてありがとう。わたしたちなら何ともありませんよ」

「それならいいけどよ。おしげさんのことだから、老体を顧《かえり》みず、桶に水を汲んで飛び出していきやしねえかとハラハラしてたんだぜ」

「平助さんじゃあるまいし。そんなことしませんよ。飛び出す前に、まずはおけいを行かせます」

言いながら、こちらを見る。

実際、今日も外へ様子を窺いに行ったのはおけいだ。

もっとも、近所の者から仕入れた話を持ち帰っても、それでは様子がわからないと焦《じ》れて、結局おしげも出ていったのだが。雛人形のような見た目によらず野次馬根性があると言ったら、叱られそうだけど。

結局、火元の家がどこで、助け出された老夫婦がどんな怪我をしたのか、近所の者から聞き込んできたのはおしげだった。それればかりか、『しん』の客で船頭をしている六助が火消しの手伝いをしており、中々に活躍していたと、まるで見てきたように語った。

だから、火消しの場に平助と健志郎の姿がなかったことも聞いていた。それでも、二人が無事な姿で店にあらわれるまでは心配だった。いつものように軽口をたたき合いながらも、年配の平助とおしげは互いの身を案じていたのだ。

「ともかく、みんな無事でよかったわ」

おしげの言葉に、平助と健志郎が大きくうなずいた。

二人は青物市場を出たところで半鐘を聞き、慌ててここまで走ってきたのだそうだ。どうやら火元が『しん』のすぐ傍と知り、ずいぶん肝を冷やしたそうだ。途中で町役人の太平に出くわし、店もおけいたちも平気だと聞き、やっと胸をなで下ろしたそうだが、それでも急ぎ足で駆けつけてきたのだとか。

この目で無事を確かめるまでは気が抜けないのは、誰しも同じこと。案じてくれる人がいるのはありがたい。

「それはそうと、今日はどうするよ。店は開けるかい？」

平助がおしげを見た。

「どうしたものかしら。迷っているのよ、火元はご近所だから」

「どうだろうな。だからといって、店を閉めたらお客が困るぜ」

「まあ、そうだけど」

おしげは焼け出された老夫婦の心中を慮《おもんぱか》っているのだ。近所付き合いをしている二人が辛い目に遭ったそばで平気で商いをするのは気が進まず、こんなときは店を閉めたほうがいいと考えている。

「でも――、お店を休んだら、却《かえ》ってお二人は気に病むんじゃないかしら」

おけいは話に割って入った。

焼け出された老夫婦とは顔見知りだった。

ご亭主が又兵衛《またべえ》さんで、おかみさんはおれんさん。天気がいい日は二人でよく畑に出ていた。朝夕には近くの総泉寺《そうせんじ》でお詣りしている姿を見かけ、独り身のおけいは羨《うらや》ましく思っていたものだ。

又兵衛は商家のご隠居だという話だった。娘が婿をとったのを機に橋場町に越してきて、夫婦でのんびり暮らしている。若い頃あくせく働いた分、今は夫婦で気楽にやっているのだと話していた。

おれんは銀髪豊かな老婦人だ。おしげとも歳が近く、道で行き合うと、気持ちのいい笑みを見せてくれる。又兵衛も朗らかで、いつも楽しげに尻っ端《ぱしょ》折りして畑に出ていた。

あのご夫婦なら、おしげが自分たちを慮って『しん』を休むと聞いたら、止める気がする。そんな、とんでもないと二人揃《そろ》って恐縮顔をする姿が目に浮かぶのだ。

「うん。俺もそう思う」

平助も同じ考えだった。

「幸い、と言っちゃ何だが、二人とも軽い怪我で済んだみてえだ。火事見舞いには行くにしても、店は開けたらどうだね。人助けをするにも金がいるんだぜ」

「まあ、そうね。平助さんの言うとおりかもしれないわ。自分が干上がれば、他人様のことを案じることもできないもの」

「そういうこった。人を助けようと思ったら、まずは自分たちがしゃんとしてねえとな。——なあ、おけいさん」

やおら平助がこちらを見た。

「俺とおしげさんに店の仕込みは任せてくれよ。何なら、健志郎も一緒に火事見舞いに連れていくといいぜ。火が消えた後も、あれこれ男手が要ることがあるだろうから」

「そうね。健志郎さん、頼まれてくれる？」

「もちろんですよ。ぜひお供させてください。後片付けでも何でもやりますので」

健志郎は力強くうなずき、腕まくりしてみせた。その様子を見て、平助が面映《おもは》ゆそうに目を細める。昨秋に弟子入りした武家の出の若者は、今やすっかり『しん』の仲間になっている。

さっそくおにぎりを重箱に詰め、又兵衛とおれんの家に向かった。

第二章　勘違い

一

朝方の風は止み、辺りは静かだった。

空では鳶《とび》が鳴いている。が、昨日までの景色とは一変していた。

又兵衛とおれんの家は真っ黒焦げになり、跡形もなかった。全焼したのだ。左右に建ち並ぶ両隣とその先の家は燃えなかったようだが、無残にも取り壊されている。延焼を防ぐために、火消しがやったのだろう。屋根も壁もすっかり崩れ落ちている。

「まあ」

それきり二の句が継げなかった。

火は消えているが、まだ白煙はくすぶっている。

何てこと――。

血の気が引く思いで立ちすくんだ。健志郎も息を詰め、眉間《みけん》に皺を寄せて辺りを見渡している。思っていたよりひどい事態だった。いくら助け出されたといっても、家がこんなことになっては大変だ。

「おけいさん」

声をかけられふり向くと、弱々しい顔をしたおれんがいた。

「来てくれたのね、ありがとう」

「よくご無事で――」

「おかげさまで、どうにか命は助かりましたよ」

ほつれ髪で、おれんは微笑《ほほえ》んだ。着物の袖は焦げてちぎれ、裾《すそ》もどこかに引っかけたのか鉤裂《かぎざ》きができている。

「何かお手伝いできることはありませんか。朝ご飯はもう食べられました?」

「ええ。年寄りだから朝は早いのよ。ひょっとして、何か持ってきてくださったの?」

「おにぎりです。もしかしたら、まだ食べていらっしゃらないかと思って」

「嬉しいわ。おけいさんところのおにぎりなら、おいしいでしょうね。遠慮なくいただきますよ。ご近所さんに配っていいかしら」

風呂敷に包んだ重箱ごと渡すと、おれんは胸に押しいただいた。笑顔を作ってはいるものの、声が震えている。

焼け跡には他にも見知った顔触れがいた。おれんの家の両隣とその先の家の住人たちだ。一様に暗い顔をして取り壊された家を見てため息をつきながら、使えそうなものを拾い集めている。

「又兵衛さんは？」

ご亭主の姿が見えないのが気になり、おけいは訊いた。火傷をしたという話だったが、医者に運ばれたのだろうか。

「うちの人は猫をさがしに」

「猫？」

「飼い猫がいなくなったんですよ。たぶん火事に驚いて逃げたんだと思うけど。半刻ばかり方々をさがし回っているみたい」

「まあ」

「おかしいと思うでしょう？　こんなときに、猫のことで騒ぐなんて。いくら止めても聞かなくって。歳のせいかしらね、頑固で困るの」

「いえ、そんな。可愛がっている猫ちゃんなんでしょうから」

話しているところへ、又兵衛がふらふらと出てきた。

頬と額に火傷をこしらえ、悄然《しょうぜん》と肩を落としている。履いている草履の鼻緒《はなお》が取れかかっているのに、気にする様子もない。

「──ああ、おけいさん」

「大丈夫ですか。お顔、火傷なさっているようですけど」

「平気ですよ。大したことはないからね。どのみち年寄りだから、顔を火傷しても、どうってことはない」

顔を手で押さえ、又兵衛は口の中で言った。興奮がまだ続いているのか、火傷の痛みもあまり感じていない様子だ。

「猫ちゃんが見当たらないんですって？」

「うちのやつが言ったんですな」

又兵衛はじろりとおれんを睨《にら》んだ。

「火事にたまげて隠れたんでしょう。猫は臆病だから。なに、すぐに見つかりますよ、うちの子は賢いから」

自分に言い聞かせるような口振りだった。

一瞬、又兵衛の視線の鋭さにおけいは怯《ひる》みそうになった。飼い猫が心配で、気が尖《とが》っているのかもしれない。自分たちが焼け出されたこと以上に、大事な猫がいなくなったことに動揺しているふうに見える。

「どんな猫ちゃんですか。うちでも気をつけて、辺りを見るようにしますので教えてくださいな」

「そいつはありがたい。うちの子は茶トラですよ。雌《めす》で柄は小さいけど、目が黄色で、びいどろ玉みたいに真ん丸なんです。もし見かけたら、ぜひ声をかけておくんなさい」

「もちろん。すぐにお知らせにまいります」

「名はミイですよ。呼べば、ちゃんと返事をしますから」

「まあ、お利口なんですね」

おけいが褒めると、又兵衛はよくぞ言ってくれたとばかりに、大きくうなずいた。

「そうですとも。ミイはね、とても猫にしておくのは勿体《もったい》ないような利発な子なんです。甘えん坊でね、あたしの傍を離れたことがなかったんだ。かわいそうに、今頃どこかで震えてますよ。家を出たことのない座敷猫なんだから。帰り道がわからなくて困ってるんだ」

話すうちに、又兵衛の目が赤くなってきた。

「いい加減になさいな。おけいさんが困っているじゃないの」

おれんが見かねて口を挟んだ。

「ごめんなさいね、店の仕込みで忙しいときにわざわざ来てくださったのに」

「いいえ、大事な猫ちゃんですもの。ご心配なのは当然ですよ。戻ったら、母にも話しておきますから。茶トラのミイちゃんですね。きっと見つかりますよ」

又兵衛はおけいが話している途中で、ふらりと歩いていった。

何となく気になり、目で追った。又兵衛は険しい顔をして、焼け跡をかき分けている。口ではどこかに隠れていると言っているが、本当は逃げ遅れて死んだのではないかと案じているのだ。

その様子を隣近所の者が白けた目で見ていた。火事が出て、家が焼け落ちたというのに、何が猫だと煤けた顔に書いてある。

「みなさん、おけいさんがおにぎりを振る舞ってくださいましたよ」

刺々《とげとげ》しい雰囲気を痛いほど感じているらしいおれんが、無理をしたような明るい声を出した。

「あたしたちは朝ご飯をすませていますから、どうぞみなさんで召し上がってくださいな。『しん』のお米で作ったおにぎりですから、味は間違いありませんよ」

それでも隣近所の者たちの顔は晴れない。火事のせいで大事な家が取り壊され、これから先どうしたものかと憤《いきどお》っているのだ。

その気持ちもわかる。

何も悪いことをしていないのに、いきなり家を壊されたとあっては誰だって腹も立つ。もちろん火消しが悪いわけではない。火元の周囲の建物を壊して回るのは、昔ながらのやり方だ。火事を押さえ込むには、水をかけるより燃えるものをなくしたほうが早い。

そうしなければ、今頃両隣やその先にまで火が広がったはずだ。焼け落ちるより、取り壊されたほうがまだましだ。屋根や壁を使って、もう一度家を建て直せばいいのだから。

とはいえ、すぐに気持ちを立て直せないのは人情だ。家を建て直すには大工を頼まねばならない。借家住まいで、手間賃を払うのが家主だとしても、家財は自分持ちだ。わざと火をつけたのでなければ、火元の家に弁償させるわけにいかないから、その費用は自分で払うことになる。正面切って文句を言う者はいないが、隣近所の者は恨みがましい顔をしていた。

おけいがオロオロしている横で、健志郎がすっと一歩前に出た。ぱんぱん、と両手を打ち、隣近所の者の目を惹《ひ》きつけてから口を開く。

「さあ、みなさん。お腹が空いては戦《いくさ》もできませんので、まずは召し上がってください」

よく響く若い声で語りかけると、胡乱《うろん》だった近所の者たちの目がわずかに動いた。

「わたしが仮屋《かりや》作りをお手伝いします。ご近所のご縁ですから、いかようにもこき使っていただいてかまいません。むろん手間賃のご心配など無用です。幸い拝見する限り、壁も屋根もそのまま使えそうなものが多いように見受けられます。力を合わせれば、仮屋もすぐに建ちましょう。微力ながら精一杯つとめますので、どうぞ元気を出してください」

健志郎がぺこりと一礼すると、拍手が起こった。

「よく言ってくだすった」

いつの間にか太平が来ていた。

「みなさん、小倉さまのおっしゃる通りだ。落ち込んでいても、壊れた家が元通りになるわけでなし。火事が起きたのも、晴天続きだったところへ、今朝方から強い南西風が吹いたせいですよ。誰のせいでもない。ときとして巡ってくる不運と思って、恨むのは止そうじゃないか」

さっきも太平は店へ様子を見にきた。自分のところの店子《たなこ》が全員避難したかどうか、確かめて回っているとの話だった。

「まあ、そうだな」

年配の百姓がうなずき立ち上がった。総泉寺の隣の畑で青物を育てている家の人だ。太平の励ましに応じて、気を取り直したようだ。

「おにぎり、くださいな」

その女房も腰を上げ、おれんのもとへ歩み寄った。

ホッとした顔でおれんが風呂敷包みを解いた。重箱の蓋を開けると、歓声が湧く。

「はい、ただ今」

「うまそうだなあ」

「さっそく、呼ばれようか」

「お茶があるとありがたいねえ」

焼け出された人たちは畑に腰を下ろし、賑《にぎ》やかに話し出した。健志郎が甲斐甲斐《かいがい》しく世話をして、おにぎりを配って回った。

頼もしいこと――。

健志郎の明るさに助けられ、おけいは嬉しくなった。

『しん』で働いているときも気配りのよさに感心しているが、さすがに武家の出だけあり、肝が据わっている。太平も感心した面持《おもも》ちで健志郎を眺めているのが、我がことのように誇らしかった。店に戻ったら、さっそく平助に教えてやらなくては。

「どうぞ召し上がれ。今、お茶を持ってまいりますから。足りないようなら、お代わりをお持ちしますので、遠慮せず全部食べてくださいな」

三合分のおにぎりは瞬く間に行き渡った。

味にも満足してもらえたようで、すぐにお代わりを所望《しょもう》する声が上がった。

「ありがとう、おけいさん」

おれんが寄ってきて、小声で言った。

「こういうときは助け合いですもの。すぐにお代わりを持ってまいりますから、おれんさんも召し上がってくださいな」

「助かるわ。火が消えて少しは安心したのかしらね、お腹がへってきたんですよ」

「もうお昼近いですもんね」

ふと気づくと、又兵衛の姿がなかった。また飼い猫のミイをさがしに行ったのだろう。ひょっとすると、総泉寺のほうまで足を延ばしているのかもしれない。

「おけいさん、わたしはこのままここに残ってもよろしいでしょうか」

健志郎が伺いを立ててきた。

「仮屋作りを手伝うんでしょう。もちろんですよ、平助さんにも伝えておきます。後であなたの分のお弁当も持ってきますね」

「ごめんなさいね、大事な働き手を借りてしまって」

「いいんですよ。わたしたちのほうこそ、いつもよくしていただいて感謝しているんですから」

恐縮顔で頭を下げようとするおれんを目顔で制し、おけいはかぶりを振った。

九年前、おしげと二人で橋場の渡し場に『しん』を開いたときのことを思い出した。

生家は日本橋瀬戸物町《にほんばしせともの ちょう》の飛脚問屋『藤吉屋《ふじよし》』で、苦労知らずで育ってきたおけいと、界隈《かいわい》でも評判の美人女将だったおしげ。そんな母娘がどうにかこうにかやっていられるのは、勝手場を任せている平助を始めとして、隣近所の人たちに助けられたからだ。

越してきたばかりの頃は、周りが敵ばかりに見えたものだ。

弟の新吉《しんきち》が罪を犯して江戸十里四方払いとなり、婚家に離縁され、一粒種の息子佐太郎《さたろう》と引き離され、それこそおしげと二人、小舟で荒波に放り出された心地でいたものだ。

通りを歩くときにも、人と目が合うのも怖くて、おけいは下ばかり向いていた。いつ何時新吉のことを知られ、白い目を向けられるかと、常にびくびくしていた。そんな調子でよくもまあ、お客相手の商売を始めたものだと思う。今ふり返ると、母娘揃って甘かった。世間知らずの怖いもの知らず、とでも言えばいいのか、いざとなると大胆なおしげについて、どうにか必死に生き延びてきた。

あれから九年。

おとなしくて小心者の自分に隣近所に顔見知りができたのは、おれんや又兵衛が親切に声をかけてくれたからだ。二人ともかつて浅草《あさくさ》で商家をいとなんでいただけに如才《じょさい》なく、どう見ても訳ありのおけいとおしげをそれとなく町の仲間に引き入れてくれた。

そのおれんや又兵衛が火事に遭ったのだ、自分たちが助けるのはごく当然のこと。若い健志郎が『しん』の働き手に加わり、仮屋作りの手助けをすると申し出てくれたのも実に幸いだった。女のおけいやおしげ、年配の平助では、そうした力仕事の役に立てない。

生き別れたとき、佐太郎は五つだった。今は十四だから、健志郎の二つ下ということになる。離縁するとき、二度と佐太郎とは会わないと約束させられ、以来いとしい息子の姿を見ていない。

婚家は『藤吉屋』の商売仲間で、佐太郎は跡取り息子。別れた五つのときは泣き虫の甘えん坊だったけれど、今はどんな若者になったろうか。離れていても、一日とて忘れたことはなく、本音を言えば再会したい。

それは弟の新吉に対しても同じこと。

沙汰《さた》を下されたのは天明《てんめい》四年（一七八四）の冬。もう九年も前のことだ。赦免になっていい頃合いだろう。

それどころか、案外近くにいるのではないかとおけいは思っている。

九年前、橋場の渡しで『しん』を開いたのは、いつか新吉が戻ってくると信じたからだ。それゆえ屋号に弟の名を一文字分入れ、遠くからも目立つ白木の看板を掲げている。新吉は橋場の渡し場から舟に乗って江戸を去った。赦免で戻ってくるときにも、きっと華やかな千住大橋ではなく、渡し舟を選ぶ。寺や畑に囲まれた、ひっそりとした道を歩き、小さな渡し舟に乗って江戸へ戻ってくると、おしげもおけいも信じているのだ。

いったい、どうしているかしら——。

江戸を出たとき、新吉は二十五だった。三つ上の姉のおけいは九年を経て三十七になった。水仕事をしたこともなかったのに、今では袖の短い木綿の着物を着て、一膳飯屋の若女将として生きている。

若かりし頃には夢にも思わなかった暮らしだが、決して不幸ではない。絹物とは縁遠くなったが、毎日楽しくやっている。おしげともども逞《たくま》しくなった。

人は変わるのだ。健志郎も昨秋までは武家で、小倉家の跡取りだったのに、家を飛び出してきて平助の弟子になった。

生きていると、何が起きるかわからない。

慎重に備えていても、不運に見舞われるときはある。今日の火事のように。

だから、もういい。いつまでも己を責めつづけることはない。罪を償ったのなら、堂々と顔を上げて出てきてほしい。

もちろん、そうたやすいことではないだろう。新吉の一件では、姉のおけいもずいぶん陰口を叩かれた。婚家でも辛い目に遭い、世間の風はこうも冷たいのかと、心底切ない思いもした。

でも、今はわかる。世間の誰もが冷たいわけではない。傷ついたおけいを励ましてくれたのも世間の人だった。よく目を開いてみれば、優しい人は大勢いる。勇気を出して世間を信じてみてもいいのだと、おけいは知っている。

「また来ますね」

空になった重箱を受けとり、おけいは店へ戻った。

そうだ、お味噌汁もいるわ――。

おにぎりのお代わりと併せてお茶と味噌汁も持っていこう。温かい汁物を飲むと気持ちが落ち着くから。

来た道を戻るうちに目の前が眩《まぶ》しくなった。川が近づいたせいだ。

一本通りを挟んだだけでも、景色が少し違う色に見える。晴れた日は水面に日射しがちらちら跳ねて明るい。こんなふうに風の強い日はなおさらだ。

そのとき道の砂埃が舞い上がり、目に入った。

立ち止まり、思わず目をつぶると、まぶたの裏で昔の景色がよみがえった。

子どもの頃、家の庭で幼い新吉とハコベで草相撲をした。三つの歳の差があるから、当時はおけいのほうが大きく、力も強かった。

おけいは姉らしく、いつも新吉を勝たせてやっていた。小さな弟が顔を真っ赤にして挑んでくるのが、子どもなりにいじらしかった。

（よーし、いい勝負だ）

まだ若かった亡き父の善左衛門《ぜんざえもん》が発破《はっぱ》をかけると、新吉はよけいに張りきった。日頃は商いで忙しく、めったに遊んでもらえない分、相手をしてもらえるのが嬉しいのだ。おしげも善左衛門の傍らにいた。美しい母親が自慢で、大勢の奉公人の上に立つ父親が誇らしかった。

あの日もよく晴れていた。今はもう日本橋の生家は人手に渡り、善左衛門も鬼籍《きせき》に入った。新吉も行方《ゆきかた》知れずで——あの頃とは大違いだ。

それでも生きている。橋場町での暮らしも悪くない。

店の敷居をまたぐと、皺は増えたが、今も昔と変わらず美しいおしげに出迎えられた。

「ま、どうしたのよ。なに泣きべそかいてるの」

驚いたおしげが目を丸くしている。

「砂が目に入って——」

「あらあら。水を持ってくるから、すぐに洗いなさい。傷がついたら大変よ」

おしげも逞しくなった。それこそ箸より重いものを持たない暮らしから一変したのに、愚痴の一つも口にせず、むしろ昔より明るくなった気もする。少々口うるさいけれど、おしげはいい母親だ。この歳になっても一緒に暮らしていられることに、おけいは日々感謝している。

もし風向きがわずかに逸《そ》れていたら。

その可能性を思い、今になって足が震えてきた。

生々しい焼け跡を目の当《ま》たりにして、平和な暮らしがいかに貴重か思い知った。一つ間違えば、取り壊されたのは『しん』だったかもしれない。やっと立て直したつもりの暮らしを、ふたたび失っていたかもしれないのだ。

「もう、しっかりなさいな。目に砂が入ったくらいで。まさか焼け出された方の前でそんな顔をしたんじゃないでしょうね」

おしげが肩に手を置いた。口振りとは裏腹に、優しげな手つきだった。

「そうやかましいことを言いなさんな。おけいさんは優しいんだよ。焼け跡を見てびっくりしたんだろ。ちっと一休みして、お茶でも飲みな」

「平助さんたら。甘やかさないでちょうだい。おけいは、じき四十なんですから」

「……まだ三年も先です」

「ま、メソメソしているかと思えば、そんなことには口答えして」

おしげに説教されるのも、それを平助に宥《なだ》められるのも心地よかった。

悪くないどころではない。橋場町でのこの暮らしがいとおしいのだ。

それは焼け跡で途方に暮れていた人たちも同じこと。

昼の商いが終わったら、お代わりのおにぎりを持っていこう。健志郎にも弁当を差し入れして、おれんと又兵衛に何が欲しいか訊く。みんなで力を合わせれば、一日も早く平和を取り戻せるはずだ。

二

「おや、お散歩かい」

茶太郎に紐をつけて井戸端へ出ると、隣人のおふさが声をかけてきた。

「渡し場まで連れていくんです」

「ああ、そうか。六さんが舟に乗せるんだね」

「はい。茶太郎ちゃんが傍にいないと寂しいみたいで」

「寂しい？　まったく、六さんは何言ってんだか」

おふさは呆れた顔をして、大袈裟《おおげさ》なため息をついた。

「茶太郎がいないと仕事ができないって。もう二十七なのに、とんだ甘ったれだね。

叱ってやんなよ」

大工の女房のおふさはさっぱりとした、気のいい人だ。隣人に過ぎない六助に、なんだかんだ目を配っている。

「あたしはただの居候《いそうろう》ですから。叱ったりできませんよ」

「いいんだよ、そんなこと。そうやって弁当を作って持たせてやってるんだもん。居候なんて小さくなることはないよ。何なら、このまま居つけばいいじゃないの。そうすれば、六さんも寂しがることがなくなるでしょうに。むしろ、あたしら近所の者にとっては、そのほうが安心するんだけどね」

おふさが軽い口振りでけしかけてきた。えつよが困って黙ると、すぐになだめる顔になる。

「ごめんよ、お節介を焼いちまって。悪く思わないでおくんなさいな。あたしはただ、六さんが心配でね」

「きっと、そのうちいい人が来てくれます」

「そうかねえ。放っておいたら、ずっと独りじゃないかと思うけど」

「見る人が見たらわかりますよ。六助さん、親切ですから」

「まあね。親切なのは確かだよ。けど、あの通り変わってるだろ。ぱっと見ただけでは、良さがわからなくて損してるのさ」

六助は働き者の船頭である。朝早く起きて渡し場へ行き、夕方暗くなるまで舟に乗ってお客を運び、せっせと稼いでいる。

客相手の商売をするにしては口が重く、言葉がスラスラ出てこないという難点はあるが、静かに舟を漕いでいる分には支障がなく、お客に嫌がられているわけでもなさそうだと、おふさに聞いた。

この裏店《うらだな》でも六助は割に好かれているようで、きちんとした船頭で面倒な身内もいないのに女房の来手がないのを、おふさを始め、裏店の者たちは歯痒《はがゆ》くおもっているのだった。

「では、また」

一礼して、えつよは歩き出した。

茶太郎の紐を手に、曇った空を見上げた。昨日まで晴天が続いていたが、今日は久し振りに風が湿っていた。すぐに雨が落ちてきそうなほどではないが、蒸し暑く、ゆっくり歩いているだけで汗がじんわり滲《にじ》んでくる。

弁当を作っているのは宿代の代わりだ。それ以外に意味はない。

二十九のえつよと二十七の六助を、夫婦になるのに頃合いの組み合わせだと、おふさが見ているのは察しがつく。一度顔を合わせた町役人の太平もたぶん似たようなことを考えたみたいだ。

ゆえに面倒な話にならないよう、えつよはあらかじめ釘を刺しておいた。

自分には故郷《くに》に残してきた夫がいる、火傷をしている茶トラ猫の容態がよくなれば、すぐにこの家を出ていくと、六助にもおふさにも話してある。

このまま六助の長屋に居つけばいい、そんなふうに言ってもらえるのは嬉しい。長く根無し草として暮らしてきただけに、つい甘えたくなる。

おふさはたぶん、えつよを訳ありと見ている。まっとうな夫婦なら、女房が夫を置いて、一人で江戸へ出てくるはずはない。いずれ別れる気だと踏んで、えつよと六助をくっつけたがっている。

奥州《おうしゅう》にいる頃も隣近所の目がうるさかったが、江戸も同じだ。女が一人でいると放っておいてくれない。

早いところ、出ていったほうがいいとわかっていた。えつよは旅の者。もとより長居するつもりも、もっと言うなら泊まるつもりもなかったのだから。

茶太郎は安心してお尻を見せて歩いている。

本当にいい子ね――。

くいくい紐を引っ張っていく小さい後ろ頭を眺めていると、つい撫でたくなる。と、茶太郎がふり返った。この顔を見ると去りがたくなる。あと数日もすれば出ていくつもりなのに、もう後ろ髪を引かれている。

六助の家にとどまっているのは、茶トラ猫の容態が気になるからだ。薬が効いてすぐに治ると思いきや、傷口が膿《う》んで、少しばかり熱が出ている。

人と違い、猫には駄目と言っても通じないのが困る。生きものの治療は難しい。傷が膿んだのは、猫が傷を舌で舐め回してしまうからだ。猫の舌は細い棘《とげ》で覆われており、下手をすると傷を掻《か》き悪化させてしまう。

そのうち自然と傷がふさがるのを待つことにしたのだが、そんな状態の猫を置いて出ていくわけにはいかない。そういう次第で、六助の家に居候することになった。

といっても、家は六畳一間きり。六助は火事の日に呼びに来た、あの中年の船頭仲間の家で厄介になっている。

猫の看病をする代わり、宿代は不要で台所のものも勝手に食べていいと言われていた。おかげで、えつよは路銀《ろぎん》に手をつけることなく、安宿よりよほど清潔なところで寝起きできている。

川沿いの狭い道を歩いていき、渡し場についた。船頭仲間と一緒にいる六助を見つけ、茶太郎を連れていこうとしたら、杭に白い手ぬぐいが引っかかっているのが目に留まった。

誰かの落としものだろうかと、手にとって広げる。

へえ、凝《こ》ってる――。

手ぬぐいには紺色の糸で大きな菊の花が刺してあった。何度も水をくぐっているのか生地は柔らかく、汗をよく吸いそうだが、破れている。杭に引っかかったときに裂けたのだろう。

えつよは丁寧に畳み、手ぬぐいを袂に入れた。繕《つくろ》えば、まだ使えるはずだ。誰のものかわからないものの、こんな丁寧な刺繡の入った手ぬぐいを捨てるとは思えない。持ち主が見つかるかどうかわからないが、持って帰って繕おう。

六助のもとへ茶太郎を連れていくと、中年の船頭が片手を上げた。

「よう」

船頭は弥吉《やきち》という名である。日焼けして顔が皺っぽいせいで老けて見えるが、まだ四十前らしい。

「ちょうどいいところに来た。あんたを待ってたんだよ」

「何でしょう」

「あんた、犬医者なんだって？」

「いえ――」

首を横に振ったが、弥吉には軽く受け流された。

「違うのかい？　けど、あっしは六助にそう聞いたぜ。なあ？」

「へ、へい」

「だよな？　この人が火傷猫を助けてくれたんだって話だろ」

「い、いい薬をつけてくれたんです」

「でも、犬医者ではないんです。たまたま薬を持っていただけですよ。大したことをしたわけではありません」

えつよは傷薬をつけただけだ。助けたなんて大袈裟な話ではないし、犬医者でもないと説明したのだが、弥吉には右から左のようだった。

「まあ、細かいことはいいから、とにかく助けてくれねえかな。あっしもどうにかして欲しいと泣きつかれて、困ってるんだよ」

火事で取り壊された家の飼い犬の様子がおかしいのだという。元気をなくし伏せっており、餌《えさ》もろくに食べない。そのせいで犬はおろか、飼い主まで心労でまいってしまったのだとか。

「この辺には犬医者なんざいねえんだ。人を診《み》る医者はいるけど、犬なんか馬鹿にして呼んでも来やしねえ。頼むから診てやってくれよ。このままだと飼い主まで寝付いちまう」

「あたしでは、とてもお役に立てませんから」

「そんなつれないこと言うなって。飼い主は婆さんで犬の他に身寄りもいないんだ。な、頼む。当てがあれば、あっしだって無茶を言ったりしねえ。けど、あいにく心当たりがなくてよ」

弥吉は手を合わせて拝んできた。そんな真似をされては断れるはずもない。

「――わかりました」

「助けてくれるかい！」

「役に立つとはお約束できませんけど」

「いいさ、それでも。そうと決まれば、今すぐにも来てくんねえかな。さ、さ」

言うが早いか、弥吉はえつよを飼い主のもとへ連れていった。

行った先は、橋場の近くのお寺だった。

総泉寺というのだという。仮屋ができあがるまで、住職の厚意で、寺に寝泊まりさせてもらっているのだそうだ。

生々しい火事の跡のある一角と通りを挟んだところに総泉寺はあった。この辺りではよく知られた寺なのだという。

ひんやりとした板敷きのお堂の隅に、ちんまり背を丸めているお婆さんがいた。薄暗くてよく見えないが、ぼんやりと壁にもたれているようだ。

「おみよさん、先生を連れてきたぜ」

弥吉が膝をつき、声をかけた。

ちょっと――。

先生なんてとんでもない。いったいどんな話になっているのかと、えつよは困惑した。

「この先生が豆子《まめこ》を助けてくれるからな。もう安心しな」

役に立つとは約束できないと言ったはずなのにと思ったが、飼い主の前でそんな話を蒸し返すわけにいかず、えつよはおみよに会釈《えしゃく》した。

「こんにちは」

「先生、わざわざすみません」

おみよは床に手をつきながら、身を起こした。

「どうぞ、そのままでいいですから」

「そんなわけにいきませんよ。せっかく先生が来てくだすったのに」

弱々しい声で言い、おみよは床に正座した。

真っ白な髪はぺたりと額に張りつき、顔は干からびた餅みたいに皺だらけだった。着の身着のまま焼け出されたという態《てい》で、目には力がなく、声もしゃがれて、よく聞きとれなかった。

えつよはおみよの前に座った。

「いいんですよ。横になっていても話はできますから」

えつよは手を貸し、おみよを床へ寝かせてやった。ぼろ布みたいな着物に包まれた肩は骨張っており、体は驚くほど軽い。このままだと寝付いちまうと弥吉が言っていた通りだ。

「飼い犬の元気がないそうですね」

「そうなんですよ。豆子って言うんですけどね、火事の日から餌をほとんど食べなくなっちまって。ぼんやりして寝てばっかりなんですよ」

おみよは老齢だが、焼け出された自分より豆子の体をよほど案じていた。飼い主とはそういうものだ。

「それは心配ですね。豆子ちゃんは、今どこにいるんです。お寺のお庭ですか」

「境内《けいだい》の隅につないでありますよ。あたしの家では土間に座布団を敷いて、その上で寝ていたんですけどね。かわいそうに、外は暑いから、へばっちまったんでしょうよ」

犬に座布団の寝床を与えているのは六助と一緒だ。

「ここでは他の人もいるからって、中へ連れてこられないんです」

「そうですか。傍についていてあげられないのは心配ですよね」

「ええ、それはもう」

おみよのくぼんだ目にみるみる涙が溜まった。

えつよは痩《や》せた背を撫でた。お堂には他にも何人か休んでいた。おみよと同じように火事で家を取り壊された者たちだろう。全部で七、八人か。みな一様に疲れた顔をしている。

お堂の中は二十畳ほどの広さがあるものの、さすがにここへ犬を連れてくるわけにはいかない。おみよにとっては大事な飼い犬でも、他人にとってはただのけものだからだ。

「あたし、豆子ちゃんの様子を見てきますね」

「あっしも行こうか」

弥吉が腰を浮かせかけたが、えつよは首を横に振った。

「一人で平気ですよ。おみよさんの傍にいてあげてください」

お堂を出ると、外は蒸し暑かった。

住職がまめに掃除をしているのか、庭はこざっぱりとして雑草もほとんど生えていないが、日陰となるような木はなかった。

豆子はお寺の塀につながれていた。茶太郎より一回り小さな、やはり茶色い子だ。お腹と両手の先が白いのが可愛らしいが、元気がなく、その場に寝そべっている。傍らには餌皿があったが、手をつけた様子がなかった。おみよが案じている通り、食欲がないらしい。

「大丈夫？」

えつよは屈《かが》み込み、豆子の顔を覗き込んだ。

目がどんよりしているのが気になった。えつよが近寄っても逃げようともせず、寝そべったまま起きようともしない。

耳の内側は桃色で気になる臭いもないが、鼻が乾いている。普通は湿っているはずの犬の鼻が乾いているのは不調の印だ。目の周りも涙焼けしている。

案の定、体に触ると熱かった。

まずは水を飲ませないと——。

立ち上がって辺りを見ると、井戸があった。小走りで行き、その場にあった桶に水を汲んできた。

「さあ、飲みなさい」

声をかけ、桶を顔の前に出した。豆子はちらと目を動かし、大儀《たいぎ》そうに起き上がった。試すように桶の中を覗き、くんくんと匂いを嗅ぐ。

「喉が渇いているんでしょう。それで元気がないのね」

小さな声で話しかけていると、豆子が桃色の舌を出して水を舐めた。

「かわいそうに。こんな暑いところにつながれてたら、喉がカラカラになるわよね」

初めのうちはおっかなびっくり舌を出した豆子だが、次第に桶へ顔を突っ込むようにして夢中で飲みはじめた。よほど喉が渇いていたようだ。豆子が舌で水を掬《すく》う勢いで、えつよの顔にまで跳ねた水滴が飛んでくる。

やっと顔を上げた豆子は、口の周りを水で濡らしたまま、今度は餌皿へ顔を突っ込んだ。ご飯に味噌汁をぶっかけた粗末な餌をうまそうに平らげ、空になった皿を惜しそうに舐めた。

「いっぱい食べたねえ。さ、お顔を見せてちょうだいな」

餌皿から離れ、その場へ横になった豆子の両頬を手で挟んだ。

さっきより目に生気が感じられる。

そっと前肢を持ち上げて覗いてみたが、特に傷がある様子はなかった。体全体を撫でてみても、多少熱があること以外おかしなしこりもない。たっぷり水を飲み、餌で腹を満たしたおかげか、豆子は大きな欠伸をした。水を飲ませる前はだらりと寝そべっていたが、今度はきちんと前肢を畳み、その上に顎を乗せている。

目の周りの涙焼けはあるものの、体全体に生き生きとした犬らしさが戻ってきた。これで完全によくなったかどうかはわからないが、ひとまず様子を見てもいいかもしれない。

だとしても、こんな日盛《ひざか》りにつないでおけば、またすぐ暑さでへばってしまう。おみよの家では土間に座布団を敷いて寝床にしていたというから、普段は六助の茶太郎のように涼しいところで過ごしていたはずだ。豆子が食欲不振になったのは、急に日向《ひなた》へ出され、暑気《しょき》あたりしたせいだというのが、えつよの見立てだった。

お堂の中が無理なら、せめて涼しいところで休ませてやらないとかわいそうだ。

ただでさえ犬は毛むくじゃらで、しかも人と違って汗をかけない。そのせいで熱が体の内側にこもる。

えつよはお堂を下から支える太い柱のところへ、豆子をつれていった。柱の下は日陰になっており、風もよく通る。

とはいえ、今はまだ朝のうちだから過ごしやすいが、日が高くなれば、ここでも蒸し暑くなる。できれば仮屋ができるまで、どこか人の家で預かってもらえたほうがいいだろう。晴天のときは蒸し暑さが気になるが、そこへ雨でも降ってくれば、さらに濡れて風邪を引き込む怖れもある。

「だったら、あっしのところで預かるぜ」

お堂に戻って話をすると、弥吉が請け合った。

「うちは狭い長屋で、嬶《かかあ》と小さいのが二人いるが、それでも豆子を置く隙間くらいあるからな」

「いいのかい、弥吉さん」

おみよは胸に手を当て、縋《すが》るような顔をした。

「ああ、仮屋ができるまでの間だろ？　嬶に面倒を見てもらうさ」

「そうしてくれると助かるよ。何とお礼を言っていいやら」

「お礼なら、こっちの先生に言ってくんな」

「ああ、そうだよねえ。ありがとう、先生」

胸の前で両手を合わせ、おみよは頭を下げた。

「止してください。あたしは先生じゃないですよ」

えつよは慌てて制した。

感謝されるほどのことはしていない。豆子に水を飲ませ、日陰に連れていっただけだ。むしろ、感謝すべきなのは弥吉のほうにだろう。火消しを手伝い、その後も家を失ったおみよを気にかけ、こんなふうに飼い犬の心配までしているのだから。

弥吉は当たり前におみよへ手を差し伸べ、親切を恩に着せることもない。この町にはいい人がいるものだ。

「いやあ、本当に助かったぜ」

その弥吉にまで頭を下げられ、えつよはほとほと困った。

「六助にも礼をしねえと。あいつが先生を知っていたおかげだもんな。よし、二人に飯を奢《おご》るぜ」

「そんな。あたしは本当に何も」

「弥吉さん、あんたが金を出すことはない。助けてもらったのはあたしなんだから、お礼ならあたしがしますよ」

　おみよが高い声を出し、割って入ってきた。

「その前に、まず治してもらったお代を払いますよ。おいくらですか」

「いえ、お金なんて受け取れません」

「そんなわけにいきませんよ。飼い犬を診てもらっておいて、ただというわけにはいきませんよ。おいくらですか」

　懐に手を入れ、おみよが色の褪《さ》めた財布を出した。

　とんでもない話になってきた。

　腰が引け、この場から逃げたくなった。お代などもらえるわけがない。

　えつよは医者でも何でもない。だから弥吉に頼まれたときも、はじめは断ったのだ。江戸へ来る前に犬医者のところで小間使《こまづか》いをしていたから、多少は勘があるだけの話。豆子が元気になったのも、軽い暑気あたりだったからだ。これが本物の病なら手も足も出なかったに違いない。

「お金なんていりませんから」

　這々《ほうほう》の体《てい》でお堂を後にしたときには大汗をかいていた。

　先生、と呼ぶおみよの声が背中を追いかけてきたが、ふり返らなかった。一目散に六助の長屋のある通りへ戻ってきた。

足を止め、手の甲で汗をぬぐう。

もう――。

これだから困るのだ。下手に人と関わると、すぐにこうやって面倒なことになる。そろそろ出ていかなければならない。六助の厚意に甘え、ずるずると長居をしたのがよくなかった。

心配していた茶トラ猫の火傷の具合も、薄紙を剝《は》ぐように回復してきて、膿んでいたところに瘡蓋《かさぶた》ができている。後はもう六助に任せても平気だ。

今日の夕方にも六助が仕事を終え、ここへ茶太郎を連れてきたときに、これまでの礼を伝え、明朝にも発《た》つ。その足で向島へ渡ってしまい、すぐに住み込みの奉公先を見つける。そう肚《はら》を決めると、気が楽になった。

えつよはこれまでも、そうやって世間を渡ってきた。ここで過ごしたのはほんの数日。人の縁などたやすく切れる。いなくなればすぐに、六助たちはえつよのことを忘れるはずだ。

そう思って胸をなで下ろし、息を吐きながら敷居をまたいだ途端、土間にいる娘と目が合った。

会釈して、遠慮がちに話しかけてくる。

「ごめんなさい。勝手に上がり込んだりして。すぐに戻ってくると、お隣のおかみさんに伺ったんです」

十六、七だろう、甘い声で申し訳なさそうに詫びながら立ち上がった。

「わたし、おちかと言います」

娘は色白で顔が小さく、はっとするほど可愛らしい。

初夏らしい白っぽい麻の着物に渋い紺色の、正絹《しょうけん》の帯を胸高に締めている。若い娘にしては地味な色合わせだが、半襟に淡い紫を効かせているのが何とも洒落ていた。こんな――、と言っては六助に失礼だが、六畳一間きりの長屋にいるのが似つかわしくない、目を惹く美人だ。

黙っていると、おちかが性急に話を続けた。

「えつよさんですよね？」

「はい」

ぽうっと見とれながら返事をすると、おちかは困り顔で続けた。よく見ると手に紐を持っている。

「こちらには六助さんにお話を聞いて伺ったんです。腕が良くて親切な犬医者の先生だって。ね、タロウ？」

「ワン」

おちかの後ろから、これまた可愛い顔をした犬が出てきた。

三

次の日、タロウのお尻からするりと組紐《くみひも》が出てきた。

教わった通りに油を舐めさせ、お腹に「の」の字を書くように手のひらで優しく揉んだら、どっと催したのだそうだ。

「まあ、よかったこと」

おちかに麦湯を出し、おけいは肩で息をついた。

「おかげさまで。安心いたしました」

三味線《しゃみせん》のお稽古帰りに立ち寄ったおちかは、小粒の歯をほころばせた。無事に事なきを得て、よほど気が楽になったのだろう、実に晴れ晴れとした顔をしている。

十七のおちかは、この店の一番の贔屓客《ひいき》だ。竹町《たけちょう》の渡し場を見下ろす土手沿いにある、『松屋《まつ》』という茶屋で芸者をしており、朝の稽古の帰りがけや月に一度の休みの日にしょっちゅう顔を出してくれる。

店に来るときは普段着で化粧も淡いが、さすがに芸者で飾らずとも美しい。

おちかは『松屋』でも人気の芸者で、いずれ看板を背負って立つと目されており、竹町でしのぎをけずっている『藤村屋《ふじむら》』『石黒屋《いしぐろ》』にまで、その名を知られているらしい。

そのおちかが昨日、『しん』に涙目で飛び込んできた。

飼い犬のタロウが衣装簞笥《だんす》から飛び出ていた組紐を引っ張り、じゃれて遊んでいるうちに呑み込んだらしい、と真っ青な顔で言うのを聞いたときには、おけいまで胸が痛くなった。

いつもは犬の口に入りそうなものは隠しておくのだが、その日は支度をしていた途中で姉さん芸者に呼ばれ、組紐を置いて部屋を出た。用事が済んで戻ったときは気づかず、簞笥から出したはずの組紐が見当たらないのに首を傾げ、別のもので間に合わせたという。

タロウのお尻から、若草《わかくさ》色の細い組紐がピョコンと顔を出しているのに気づいたのは、お座敷が終わって衣装の後片付けをしていたときだったのだとか。

はじめは散歩の途中で、草をくっつけてきたのかと思ったのだという。朝と夕、おちかは茶屋の近くの川沿いまでタロウを連れていき、たっぷり走り回らせている。

しかし、草にしては色が鮮やかで、どうも見覚えがあるような。

タロウを手招き、目を近づけてよく確かめたら、支度をしているときに見当たらなくなった自分の組紐だったと気づいたときには、まさかと己の目を疑った。けれど間違いない。支度部屋の隅には、嚙《か》みちぎられた組紐の残骸もあった。

きゃあ、とおちかが悲鳴を上げたのに驚き、タロウはその場で三寸（約九センチ）ほども跳んだらしい。

それからはもう、大変な騒ぎだったと聞いている。

姉さん芸者や妹芸者が集まってきて、タロウのお尻を指差し啞然《あぜん》とした。みな困惑して顔を見合わせるばかり。家で犬を飼っていた者もおらず、オロオロして手を出せなかった。

ともかく抜かなくちゃと、思いきって紐を引き抜こうとした妹芸者を止めたのは、茶屋の女将の桂《か》つ扇《お》だった。

「お止し。力任せに引っ張ったりしたら、お腹の中が傷つくよ」

桂つ扇の鋭い一喝《いっかつ》で妹芸者は怯えて泣き出し、姉さん芸者は金切り声で叱りつけた。

どうやら自分が話題の中心らしい、それも何やら怖いことみたいだと悟ったタロウが興奮し、組紐をピョコピョコはみ出させながら部屋を走り出ていった。ようよう捕まえたはいいが、為《な》す術《すべ》もなく、おちかは朝まで眠れなかったらしい。

それが昨日のこと。

当のタロウは呑気な顔で眠っていたが、夜が明けてもお尻の組紐は変わらず飛び出ている。このせいでお腹の中がおかしくなったらどうしようと、おちかは半ば泣きべそをかきながら、『しん』へ来たのだった。

その帰り道で六助とすれ違い、タロウの話をしたところ、実は家に犬医者の女の人がいる、その人に頼めば何とかしてくれるかもしれないと教えてくれたので、おちかはさっそくタロウを連れて訪ねていったのだとか。

三十前のまだ若い人だったらしい。

タロウを見てすぐに事態を悟り、まずは水を飲ませた。それで自然と出てくればよし、しばらく待っても出てこなければ、油を舐めさせてお腹をよくさするようにと教えてくれた。

やはり無理に引っ張ってはいけないのだという。お腹の中で組紐がどんな状態なのかわからない。もし腸や何かと絡まっていたら、引っ張るついでに大変なことになる。桂つ扇は正しかった。こういうときは、自然にするりと出てくるよう、排泄《はいせつ》を促すのがコツなのだそうだ。

「いい先生に診てもらえてよかったわね、おちかちゃん」

「ええ、本当に。しかも、お代も取られなかったんです」

「あら、そうなの」

「どうか払わせてください、って頼んだんですけど。大したことはしていないから、って遠慮なさるんです」

ずいぶん謙虚なことだ。

ちゃんとタロウを診て、治してくれたというのに診療代を受けとらないとは。良心的な犬医者もいるものだと、おけいは感心した。

六助のところに、そんな人がいるとは知らなかった。夫婦《めおと》約束をしている方なのかしらと、詮索《せんさく》がましいことをちらと思う。

「ねえ、おちかちゃん。その先生、何て名の方なの？」

「えつよさん、とおっしゃってましたよ」

「そう」

「なんでも旅の身なんだそうです。あの火事の日に六助さんの渡し舟に乗ったのが縁で、お知り合いになったとかで」

「まあ、珍しいご縁ね」

「お仲間の船頭さんと一緒に火消しのお手伝いに駆けつけるときに、茶太郎ちゃんを預かってくれたそうですよ。親切な方なんでしょうね」

後で訪ねてみよう。

犬医者なら、猫の縄張りにも詳しいかもしれない。

おれんと又兵衛夫婦の飼い猫のミイが、あの火事の日に逃げて以来、行方知れずなのである。きっと帰り道がわからなくなって、どこかで身を隠しているのだろうが、いくらさがしても見つからない。火事の後、おけいがおにぎりを振る舞いにいくたび、又兵衛はミイを見なかったかと訊く。

二人は今、浅草の娘夫婦のもとへ身を寄せている。家を建て直すまで、しばらく厄介になるのだそうだ。ミイが見つかるまでは町を離れないと又兵衛は頑張っていたのだが、暑さと心労が祟《たた》って倒れたのを潮《しお》に、娘婿が迎えにきて、浅草へ連れていった。

なんでも総泉寺の近くの畑でしゃがみ込んでいるところを住職が見つけ、肩を貸してもらったのだとか。ミイをさがし疲れたのか、又兵衛はぼんやりして茫然《ぼうぜん》自失《じしつ》の態だったらしい。幸い見つけてもらったものの、そのまま行き倒れになる危険もあったわけだ。

おれんの話を聞いたときも思ったが、やはり相当ミイが心配なのだ。この暑い中、具合が悪くなるまでさがし回るなど尋常ではない。

夫婦二人で暮らしている又兵衛にとって、ミイは孫も同然の存在だったのだろう。おちかもタロウを弟分として慈《いつく》しんでいる。猫や犬は飼い主にとって大事な家族なのだ。

商いの合間を縫って、おけいもミイをさがそうと思っていた。行方知れずのままでは、いつまでも気が晴れまい。猫が身を隠しそうな場所を教えてもらえれば、おけいにも見つけられるのではないか。ミイだって家に帰りたいに決まっているのだから。

「ああ、おいしい」

麦湯に口をつけたおちかが、しみじみとつぶやいた。

「昨日はタロウのことが心配で、ちっとも味がしなかったんです」

「そうでしょうね。タロウちゃんはおちかちゃんの大事な弟分ですもの。今日は少しゆっくりできるの？」

「はい。食事をいただいていきます。昨日はろくにご飯が喉を通らなかったから、お腹がぺこぺこなんです」

可愛らしく舌を出し、おちかが帯のところを押さえた。

「たくさん食べていってちょうだいね。おちかちゃんに元気が戻って、そうやって笑顔を見せてくれると、店に花が咲いたようよ」

おしげが目を細めた。

「ありがとうございます。でも、『しん』のお花はおしげさんとおけいさんですよ。わたしなんて、まだまだ半人前です。昨日はタロウのことで頭が一杯だったせいかひどい顔をしていたみたいで、女将に怒られちゃいました」

十七のおちかに褒められて面映《おもは》ゆくなり、おけいは顔の前で手を振った。

「とんでもない。わたしなんて全然」

子どもの頃からぽっちゃり太めで、三十七になった今は、油断するとすぐに肉がつく。

日本橋に住んでいた当時、界隈で評判の美人女将だったおしげと違い、おけいはせいぜい色白なところと、頬に浮かぶ笑窪《えくぼ》が取り柄というところ。おしげは褒められ馴れており、照れるでもなく泰然としている。血のつながった母娘なのに、なぜ似なかったのかと少々恨めしい。

花と言えば、断然おちかだ。

今日は紫陽花《あじさい》の柄の刺繍の入った着物に、濃い紫の帯を締めている。色白な顔に楚々《そそ》とした出で立ちが涼やかで、目を細めて眺めていると、厨《くりや》から平助が出てきた。

「どこに花が咲いてるって?」

片手に小皿をのせた盆を持ち、もう片方の手を額に当て、きょろきょろと店を見渡す真似をする。

「おう、ここか」

大仰《おおぎょう》に驚いてみせ、平助はおけいとおしげを見た。

「いずれアヤメか杜若《かきつばた》かと言えば、うちの女将母娘のことだからな」

「はいはい」

平助がこういう軽口を叩くのは毎度のことだから、おしげはどこ吹く風だ。

「わたしはどっちかしら。アヤメなの、杜若なの」

「へ?」

平助が、鳩が豆鉄砲を食ったような顔をした。まさかそんな切り返しがくるとは思わなかったというふうだ。

「そりゃアヤメだろ」

「あら、どうして」

「アヤメはショウブとも言うだろ。勝負強いおしげさんにぴったりだ」

「勝負？　喧嘩のことでしょ」

「ばれたか」

「白々しい人ね。平助さんの言いたいことくらい、顔を見ればわかります。でも残念。根っこから勘違いしておりますよ」

おしげはつんと顎を上げた。

「アヤメとショウブは似ているけれど別の花だもの。花びらに白っぽい網目が走っているのがアヤメ、花の付け根に黄色い線が入っているのがショウブ。知っている人が見れば一目瞭然なんです」

「ほー」

一本取られ、平助がわざとらしく目を見開いた。

「さすがおしげさんは物知りだねえ。花にまで詳しいとは大した御方だ」

平助は盛んに首を振って感心しつつ、笑っている。

仲良しでしょう――。

おけいはおちかに目顔でささやいた。

二人はいつもこうやって、喧嘩とも言えないような小競《こぜ》り合いをしている。常連のおちかにとっても、もはやお決まりの光景だ。

おけいは苦笑いしつつ間に入った。

「もう、平助さんたら。いつまでお盆を大事に持っているつもりなんですか。おちかちゃんがお腹を空かせて待っていますよ」

「おっと、いけねえ」

広い額をぺちんと叩き、すかさず平助が茄子の浅漬けの小皿を差し出した。

「今朝の市で仕入れたんだが、皮が薄くてうまいぜ」

「わあ、嬉しい。いただきます」

おちかはさっそく手を合わせ、茄子に箸をつけた。

「本当ですね。瑞々《みずみず》しくておいしい。平助さんのお漬け物、さっぱりしているから、いくらでも入っちゃう」

「おっと。今から生姜の天麩羅を出すから、腹の隙間を残しておいてくれよ」

「生姜の天麩羅ですか？」

「うちの賄いなんだが、よければ食ってみてくれ。おしげさんの好物だから、売るほど揚げたんだ。——おうい、健志郎」

平助はふり返り、厨へ向かって呼んだ。

「はい、ただ今」

いい返事をして健志郎が出てきた。

「お待ちしました。どうぞ、熱いうちに召し上がりください」

一瞬、おけいは耳を疑った。

「え？」

その後、我知らず笑みが浮かぶ。

何か可笑《おか》しいことを言ったかというふうに、健志郎がポカンとした顔になった。

おけいは慌てて取りつくろった。

「ごめんなさい、何でもないのよ。早く出してあげてね、天麩羅は揚げ立てがおいしいから」

本当に素直な若者で微笑ましい。

健志郎自身は、うっかり言いまちがったことに気づいていないふうだ。おけいは傍らのおしげと目を見交わした。おしげも笑いを堪《こら》えている。

お待ちしました、ですって――。

それはまさしく健志郎の本音がこぼれた言葉だった。本来であれば、お待たせしましたと言うところ。おちかが店にあらわれたときから、早く平助に呼んでほしくて、さっきから厨でうずうずしていたに違いない。

要領の良い若者なら、適当な口実でも作り、自ら店へ顔を出すところだけれど、生真面目《きまじめ》な健志郎はそういうことができない。ひたすら平助の声が掛かるのを厨で待っている。

そのくせ、いざおちかの前に立った途端、まるで鎧《よろい》を着けたお侍みたいにぎこちない動きになるのが何とも初々《ういうい》しくて、つい頬がゆるんでしまう。

健志郎は一つ年上のおちかに憧れているのだ。本人は隠しているつもりのようだが、傍で見ている者には丸わかりだ。

まあ、ね――。

女のおけいから見ても、おちかは一挙一動を目で追いかけたくなるほど可愛い。年頃の健志郎が一目惚れするのもわかる。

果たしておちかが懸想《けそう》されていることに勘付いているのかどうか。これはおけいにも、さっぱりわからない。

「おいしい。生姜の天麩羅、わたし初めていただきました。もっと辛いと思っていたのに、そうでもないんですね。ホクホクとしてお芋みたい」

「そうですか」

「賄いのお料理ということは、小倉さまも召し上がったんですか」

「はい」

「食べているうちに、お腹がポッポしてきたみたい。やっぱり生姜ね。ああ、おいしい。体が芯から温まってお茶がおいしい」

おちかは華奢《きゃしゃ》な手を頰にあてがった。健志郎は硬い面持ちで盆を抱え、突っ立っている。ほんのり上気した顔に見とれ、相槌《あいづち》を打つのも忘れているようだ。

まったくもう――。

歯痒いこと、この上ない。おけいは自分まで照れくさくなってきた。若者が傍にいると、こちらまで気持ちが華やぐのがいい。

その日のお昼の商いを終えると、おけいはおしげに断って店を出た。

六助の住まいの場所はおちかに聞いた。今日のうちにえつよに会って、ミイの行方をさがす手掛かりを得たい。

火事の日からもう十日になる。人から食べものをもらって生きている座敷猫のミイが自力で餌を獲れるとは思えないし、野良に虐《いじ》められているかもしれない。

「ごめんください」

教えてもらった長屋はすぐにわかった。

戸は開いており、そっと中を覗くと、土間に茶太郎がいた。おけいに気づくと、「わん」とひと鳴きして、小走りにやって来た。

あいにく六畳一間の部屋は無人だった。どこかへ出かけているのかしらと思い、隣近所に訊いてみようと首を巡らしたら、二十八、九の女がうつむきながら歩いてくるのが見えた。中肉中背のおとなしそうな人である。年格好はおちかの話と合う。この人がえつよかと思いながら眺めていたら、女がふと顔を上げた。

会釈して声をかけようとしたら、体がこわばった。

女は見る間に真っ青になった。呆然と、真昼に幽霊に出くわしたような顔をしている。

「あなた――」

おけいがつぶやくと、女はびくりと肩を震わせた。

土間にいる茶太郎が、女が帰ってきた気配を察し、敷居際まで出てきた。尻尾を振り、甘えた顔で女を見上げる。
この人がおちかの言っていたえつよだ。間違いない。
「セツね？」
この人のことは、おけいもよく知っている。が、名が違う。
えつよと呼ばれている女は、日本橋瀬戸物町『藤吉屋』の奉公人のセツだった。
弟の新吉に刃を向け、江戸十里四方払いになった。そのセツが名をえつよと変えて、
目の前に立っている。

四

風呂屋から戻ると、健志郎は床を敷いた。

六畳間に煎餅《せんべい》布団をぴたりとくっつけ、平助と並んで横になる。飯屋の仕事は朝が早い分、寝るのも早い。いつもは枕に頭をつけた傍からまぶたが重くなるのだが、
今夜はいつになく目が冴えていた。

「眠れねえのか」

隣の布団から平助が声をかけてきた。

「いえ」

答えた途端、ぷっと噴き出す音がした。

「何言ってんだ。返事をしたのが起きてる証じゃねえか」

「はい、おっしゃる通り眠れないのです。すみません、お休みのところ起こしてしまいましたか」

健志郎は隣に顔を向けた。暗くて見えないが、平助の匂いがする。

「気にするな。俺もまだ起きてたんだ。年寄りはなかなか寝付けねえからな。で、どうした？　さっきから『はあ』だの、『ふう』だの、ため息をついて。心配事でもあるのか。ひょっとして、おちかちゃんのことかい」

「え、違いますよ」

「違うのかい」

とぼけた調子で返され、

「違いますとも。藪《やぶ》から棒に何をおっしゃるかと思えば」

健志郎は少々むきになった。図星を指されたわけでもないのに、ついうろたえてしまった。

「けど、顔が赤いぞ」

そう言われ、焦って手を頬にあてがった。さては顔に血が昇ったのを見破られたかと思ったものの、すぐに我に返る。

「師匠、おからかいになるのも大概《たいがい》にしてください。この暗闇では顔の色など見えないはずですよ」

「知ってるか？　歳を取ると、近くのものが見えにくくなる代わりに、夜目が利くようになるんだぜ」

「まったく。それでは猫ですよ。——そうそう、おけいさんのことです」

「それこそ藪から棒だな。おけいさんがどうした」

平助に茶化され横道に逸れかけたが、思い出した。健志郎はおけいのことを案じていたのである。

「いつもと様子が違うと思いませんでしたか。皿を三枚も割ったりして、まるで魂が抜けたみたいでしたよね」

「まあな」

「あんなおけいさん、わたしは初めて見ました。何かあったのでしょうか。女将さんも気にしていらしたようです」

「おしげさんは母親だからな。そりゃあ気にするだろうさ。で、何だって、猫の話からそいつを思い出したんだい」

「えつよさんという、犬医者の先生のところへ行ってきた後から、どうも様子がおかしくなりましたので」

「おちかちゃんとこのタロウが診てもらった先生か」

「はい。お昼の商いの後、おけいさんはその方に会いに行かれましたよね。火事のときから行方知れずになっている、茶トラ猫のミイをさがす手掛かりを知るために。それからですよ、急に元気がなくなったのは。師匠も気づいていらっしゃいますよね」

「ああ、そりゃあな」

えつよのところから戻った後のおけいは、明らかに挙動がおかしかった。笑みは浮かべていても心なしか肩が落ちており、猫の相談に行ったはずなのに、どんな話をしたのかも言わなかった。

「何かあったんだろうよ、そのえつよ先生のところで」

「ですよね」

他に考えられない。お昼の商いまではいつも通りだったのだ。みんなで賄い飯を囲んだときも、特に変わった様子はなかった。

「だったら、お前。何とかしねえと。明日もあの調子で皿を割られたら、お客さんに出す皿がなくなっちまう」

「明日にもさっそく訪ねてみます」

「よし、そうしろ」

話が決まると、途端に眠気が差した。抱えていた悩みを打ち明け、胸が軽くなったせいだ。

おけいも、そうできればいいのだが。健志郎は昨秋、『しん』の人たちに助けられ、生家を出た。付き合いの薄かった伯父も力を貸してくれた。

健志郎では力不足だろうが、おしげや平助に打ち明けてみてはどうか。二人とも懐の深いお人たちだ。どんな悩みを抱えているのかわからないが、きっと一緒に知恵を絞ってくれるはずだ。

それとも、大人は軽々しく胸のうちを明かさないものなのか。おけいは控えめだから、自分のことで人を煩《わずら》わせないよう戒めているのかもしれない。

「芯の強い方だからな」

「うん？　何だ、寝言か？」

小さな声で独りごちたつもりが、平助に聞かれていた。

「失礼いたしました」

「いいけどよ。誰の芯が強いって？」

「おけいさんです。いつもおっとりして、前へ出ないようになさっていますが、本当はお強い方だと思うのです」

生きていると、雨の日、風の日、様々な日が巡ってくる。ときには愚痴を漏らす日や、自棄《やけ》になる日もあるだろうに、いつも楚々とした佇《たたず》まいを保っているのは、己をしかと律している証だ。

「――すみません、十六の小僧がわかったような口を利いて」

「いや、お前さんの言うとおりだよ。おけいさんはああ見えて意外と、って言うと失礼だが、弱々しいようで折れねえから。まあ、自分ではわかってねえのが可笑しいけどな。そこが、おけいさんらしいというか。お蚕《かいこ》ぐるみで育ったお嬢さんが、こんな江戸の外れでよくやってるよ。いや、大事に育てられたから、芯がきちんと通ってるんだな」

「お蚕ぐるみですか」

「本人はあまり言いたがらねえけどよ。どうも生まれは日本橋らしい」

やっぱり。

おけいとおしげはいい家の出だろうと、前から思っていたのだ。

「そうでしたか。事情がおありなんですね」

今は橋場町で一膳飯屋をしているが、昔は日本橋のおそらく大きな屋敷で暮らしていたのだ。

白歯《しらは》だが、前は夫がいたのかもしれない。あるいは子も。

しん。

もしかすると、店の屋号は子の名から取ったのかもしれない。

離れて暮らす子を思い、顔で笑って心で泣くおけいの姿を思い浮かべそうになり、健志郎は強いてそれを消した。

「事情は誰にでもあるもんだ」

「心得ております」

勝手な詮索はするものではない。

「わたしも生家を捨てましたから。曰《いわ》くつきの口です」

「俺だってそうだぜ。これでも昔は大きな料理屋で板前をしていたんだがな。嬶と娘を亡くしてから包丁を握れなくなってよ。それで橋場町に流れてきたんだ」

初めて聞く話だった。

「驚いたろ」

「大変なご苦労をされたのですね」

平助が名高い店で板前をしていたことは、おしげから聞いたことがあった。去年の夏にはその頃の知り合いが店に来たのだとか。

「どうだろうな。そのときは苦労でも、乗り越えちまえば笑い話にもできるもんだ。どうせ昔話なんだ。今となっちゃあ、あの頃を思い出すと霞《かすみ》の向こうのことみてえで。へへ、爺《じじい》の繰《く》り言《ごと》と思って聞き流してくれ」

「もっとお話ししてください」

「構わねえけど、長くなるぜ。夜明かしで聞く覚悟はあるんだろうな」

「むろん、ございます」

「ありがてえこった。けど、今夜は無理だな。眠くなってきた」

言いながら、平助は欠伸をもらした。

「ま、先の楽しみに取っておいてくれよ」

「そういたします」

平助の昔話か。

すぐにでも聞きたいところだが、なるべく先延ばしにしたい気もする。仲の良い祖父と暮らしているような、この日がいつまでも続いてほしい。眠りに引きこまれつつ、健志郎は祈った。

次の日。

健志郎は昼の商いの後、六助の家に行った。

「こんにちは」

戸の前で声をかけると、部屋で人影がたじろぐ気配がした。

「えつよ先生でいらっしゃいますか」

「……どちらさまですか」

「失礼いたしました。小倉健志郎と申します。この近くの飯屋『しん』で奉公している者です」

名を告げると、人影がおそるおそる三和土《たたき》に下りてきた。

ずいぶん暗い面持ちをした人だと思った。おちかの話を聞いたときには、そんな感じはしなかったが、おけいの様子がおかしいのと関係があるのかもしれない。

「ごめんなさい。あたし、もう出ていくんです」

えつよは健志郎が口を開く前に、早口に言った。

「え?」

「いつまでも六助さんの厄介になっているわけにもいきませんので。ですから他の犬医者のところへ連れていってください」

どうやら、えつよは健志郎を犬か猫の飼い主と思っているようだった。

「ああ、わたしは違います。犬も猫も飼っていません。えつよ先生にお話があってまいりました」

「あたしに、ですか」

えつよの黒目がすぼんだ。怖《お》じた様子で足を後ろへ引く。

「はい。昨日こちらへ、わたしが奉公している店の若女将が訪ねてきませんでしたか。猫の話を聞きに」

健志郎が話している途中で、えつよは目を伏せた。

来たのか——。

返事を聞く前からわかった。昨日おけいはここへ来て、えつよと会ったのだ。

「おけいさんとお知り合いなんですね」

「……ええ」

「さようですか。実は昨日こちらへ伺ってから、おけいさんの様子がおかしいもので、何か事情をご存じかと思いまして」

「聞いていないんですか」

えつよは上目遣《うわめづか》いに健志郎を見た。

「はい、わたしは何も。おけいさんは昨日、店で三枚もお皿を割ったのです。いつになく落ちつきを欠いているように見えるので、心配しておるのです。それで、まことに不躾《ぶしつけ》ながら訪ねてまいりました」

浅くうなずきながら、えつよは話を聞いていた。何事か思案するような面持ちで、健志郎の顔を見ている。

「『しん』って、渡し場の近くにあるお店でしょう」

「ああ、ご存じでしたか」

「こちらへ来たとき、入ろうと思ったんです。でも、そのときは商い前だったんでしょうね。まだ暖簾が出ていなくて。そうですか、お嬢さまはあのお店の若女将なんですね」

お嬢さま。

えつよの言葉に虚を突かれ、健志郎が口を開いたとき、

「ああ、ここだ」

老人の声がして、すぐ後ろに人が立った。ふり返ると、見知った顔の二人が目を丸くした。

「おや、小倉さまじゃないか」

「これはまた奇遇ですねえ」

二人は火事で焼け出された家の夫婦、又兵衛とおれんだった。あのときは髪もほつれ、着物も裾が焦げてひどい有り様だったが、今日は元気そうだった。

「浅草の娘さん夫婦のところから戻られたのですか」

健志郎が問うと、又兵衛とおれんは揃ってうなずいた。

「まだあっちで世話になっているんだけどね。こちらに、うちのミイがご厄介になっていると聞いて飛んできたんですよ」

「ミイ――、火事の日に行方知れずになった猫ちゃんですか」

茫然自失といった態で、火事場をうろついていた又兵衛の姿が、今もしかと目の裏に焼きついていた。なるほど、あの猫は六助の家にいたのか。

「そうそう。ずっと心配していたから、無事でいると聞いて胸をなで下ろしましたよ。ミイはあたしの宝だから」

又兵衛は実際に手で襟元をさすりながら、皺の寄った顔をほころばせた。

すると部屋の中から「みゃあ」と猫の鳴き声がした。

「ミイ！」

「みゃあん」

飼い主の声を聞きつけ、薄暗がりから茶トラ猫が出てきた。

健志郎が訪ねたときは気配を消していたのか鳴き声一つ立てなかったのに、又兵衛の前では盛んに鳴いている。又兵衛が腰を屈めて両手を伸ばすと、ミイは後ろ肢で立った。前肢を広げて又兵衛の膝にしがみつき、甘え顔をする。

「よく無事でいてくれたなあ。偉いぞ」

又兵衛はミイを抱き上げ、頬ずりした。堪えきれずに洟《はな》を啜《すす》っている。傍らのおれんも涙ぐみ、袖で目を押さえている。

「本当に、何とお礼を言えばいいやら」

「そんな。火事場から救い出したのは六助さんですので」

えつよが恐縮顔でかぶりを振ると、

「もちろん六助さんにもお礼いたしますよ。けど、火傷を治してくれたのはあなたさまでしょう。朝晩きちんと薬をつけ、膿《う》んだところもきれいにしてくださったと、六助さんから聞きましたよ」

「ミイは臆病者ですから、薬をつけるのも厄介だったんじゃございませんか。うちでは爪を切られるのも嫌がって、あたしなんぞ、いつも引っかかれるんです」

と、おれんも涙声で話に入ってくる。

ミイが六助の家にいると教えたのは、町役人の太平だという。

又兵衛とおれんは浅草に引き取られた後も、何度か橋場町へ戻ってきて、迷い猫を見なかったかと方々に訊いて回っていた。とはいえ、ミイはよくいる茶トラ猫。飼い主にとっては大事な子でも、よその人にとってはどこにでもいる猫の一匹だ。太平が六助の長屋の大家で、しばらく旅の身の女を泊まらせていると話したことから、ミイの居所がわかったのは幸いだった。

結局、大した話は聞けなかった。

ミイを腕に抱いた又兵衛は幾度も礼を述べ、えつよを離さなかった。そのうち太平もやって来て、「よかった、よかった」と一緒になって喜び、とても込み入った話をするどころではなくなったのだ。

健志郎はひたすら困惑するえつよに目礼し、『しん』に戻った。

第三章　屈託

一

えつよが三和土《たたき》に下りると、六助がためらいがちに前へ回り込んできた。

「ほ、本当に行くのかい」

「ええ」

そのことは昨日さんざん話したはずだった。えつよの決意は覆《くつがえ》らないのだから、今さら蒸し返されても困る。

「いつまでも厄介になっているわけにいきませんから」

「そんなことはいいんだ」

「でも、あたしがいる限り、六助さんはこの家に戻ってこられないじゃないですか。

店賃《たなちん》を払っている人に、そんな不便をかけるわけにいきませんよ」

「べ、別に店賃なんか」

「それに、茶太郎も六助さんと一緒にいたいんじゃないかしら。あたしが来てから、ずっと寂しい思いをしてますよ。ねえ、茶太郎？　お前もご主人に帰ってきてほしいわよね」

名を呼ぶと、茶太郎は尻尾を振った。

「ほら。寂しいですって」

「い、いや」

口ごもりながら、六助は両手をぐっと握った。何やら深刻そうな面持ちをしている。

ひょっとして期待させたのかと、えつよは苦い気持ちになった。いくら茶トラ猫のことがあったからとはいえ、早く出ていくべきだった。

「あたしには亭主がいるんですよ。いくら宿を借りているだけといっても、よその男の人の家にいたら悪いもの」

「……おいらにそんな気はねえから」

六助はいつになく、きっぱりと言った。

「あら、そうですか」

自分から言い出したことながら、何となく傷ついた気になった。引き止められて困っているくせに、こうはっきり断られると、ちくりと胸に棘が刺さった心地になる。

「行く当てはあるのかい？」

「ありますよ」

「ど、どこに」

「いいじゃないですか、どこだって」

つっけんどんに返してすぐに、えつよは悔いた。これでは八つ当たりだ。六助に行く当てがないと見破られ癪《しゃく》に障ったのだ。

昨日、仕事を終えて茶太郎を連れてきた六助に、暇《いとま》を告げた。出し抜けのことで、面食らった顔をされたが、えつよは引かなかった。これ以上、ここにいては迷惑が掛かる。

まさか、おけいと出くわすとは思いもしなかった。

のこのこと江戸に帰ってくるから、こんなことになる。

(セツね？)

おけいの静かな問いかけが耳から離れない。

真昼に幽霊を見たような、真っ青な顔をしていらした。どうして江戸にいるのかと目を疑ったことだろう。申し訳なさで居たたまれず、その場で消えてしまいたかった。

それも道理。

九年前、えつよは罪を犯して江戸十里四方払いの罰に処された。もう二度と姿を見ることもないはずの忌《い》まわしい女が、目と鼻の先にあらわれたのだから、おけいが肝をつぶしたのも無理はない。

一刻も早く出ていきたかった。自分のためではなく、おけいのために。

木綿の着物なんて着て――。

いつも袖丈の長い絹物をまとっていた方が、あんな地味な格好をしているとは。顔は相変わらずふっくらと丸かったが、印象はやや変わった。色白でおっとりして、嫁《か》して母となってからも可憐《かれん》な雰囲気を漂わせていたお嬢さんが、飯屋で働く身になるとは。

それだけ苦労したのだろう。えつよのせいで、おけいの暮らしを変えてしまった。

そう思うと昨夜は眠れなかった。今できるのはここから立ち去ること。ふたたび遠く離れ、二度と姿を見せないことだ。

六助は下を向き、拳骨《げんこつ》を握ったりほどいたりしていたが、やがて意を決したように顔を上げた。

「お、おいらも家がなかった」

目を見開き、低い声で話し出す。

「おっ母《か》さんが死んだ後は店賃も払えなくなって、住んでいた長屋を追い出されたんだ。おいら、何も手に職がなくて」

当時のことを思い返しているのか、声にも顔にも辛そうな色がにじんでいる。

「犬はたくさん食うのに、おいらがそんな体《てい》たらくなもんだから、残しておいたら厄介なことになると思ったんだか――おっ母さんは死ぬ前に、勝手に人と約束して、おいらに黙って茶太郎をよそへやっちまった」

いきなり始まった身の上話にえつよは面食らったが、黙って耳を傾けた。ここは話の腰を折るべきではないと思った。それに何より、六助の話を聞きたい。

「長屋を出された後は、行く当てもなくて。し、死んでもいいかと、いや、死んだほうがいいんじゃねえか、って気にもなったけど。でも、死ねなかった。おいら、愚図《ぐず》だから。死のうにも、どうすればいいかわからなかったんだ」

当時のことを思い返しているのか、六助が辛そうに顔をしかめた。小鼻がひくひくとしている。

「六助さんは愚図なんかじゃありませんよ」

堪《たま》らなくなって、えつよは口を挟んだ。

「いいんだ。愚図と言われるのは慣れっこだから」

「何でそんな――」

「で、でも」

六助はえつよの声にかぶせて言いつのった。

「でも、茶太郎は情の厚い子だ。どこかできっと、おいらを待ってる。勝手に死んだら寂しがるはずだ。そう思ったら、どうにでも生きていく気になった。いろんな人に助けてもらって――おいらは何もできなかったけど」

「茶太郎とも会えたのね」

「会えた」

渡し場の近くで溺れかけているところを見つけたのだそうだ。びっくりして追いかけ、六助は川へ飛び込もうとした。そこを通りかかった人に助けられた。その後、いろんな縁があって、今はここで船頭をしている。

長い話だった。

身内は母親だけだったのか、父親はどうしたのか。長屋を追い出されてから、どうやって飢えをしのいでいたのか。六助の訥々《とつとつ》とした話には途中で端折《はしょ》られているところや、よく呑み込めないところもあったが、あまり気にならなかった。

六助がひどく苦労して、ここへたどり着いたことは十分通じた。

「船頭をしているのも、人に誘われた縁なんだ。初めは無理だと思って、腰が引けたんだけど——、おいら、こんなんで人とうまく喋れねえから」

「ちゃんと喋ってますよ」

「……そうかな」

六助は疑わしそうに目を泳がせた。この人の悪い癖だ。すぐに自信がなさそうに瞳を揺らし、固い殻《から》に籠もってしまう。

「ええ。ちゃんとしてます」

えつよがうなずくと、六助は上を向いて小さな目をパチパチさせた。この人は自分で思うような愚図なんかじゃない。茶太郎の態度を見ていればわかる。犬は馬鹿な飼い主を侮《あなど》るものだ。

「おいらにも、何かしてやれることはねえかな。困っているときはお互いさまだから。住むところがないなら、おいらが何とか、妙な意味じゃなくて——、つ、つまり」

段々、尻すぼみになる。

「ありがとう。そう言ってもらえて嬉しい」

胸がじいんと温かくなった。口の重い六助が懸命に言葉をつむぎ、助けようとしてくれている。

「そのお気持ちだけで十分です。短い間でしたけど、六助さんのところで居候させてもらって助かりました。旅をしていると、その日の宿が決まるまで落ち着かないものだから」

「だったら、ここにいればいい」

六助が見透かしている通り、えつよに行く当てなどない。路銀も底をつきかけており、心細い思いをしていた。

「平気ですよ。さっきも言ったように、どうとでもなりますから」

これまでと同じと思えばいい。畳のある部屋でゆっくりさせてもらえたおかげで、足の肉刺《まめ》も多少は癒《い》えた。

「では、行きますね」

荷物を手に敷居をまたいで、外に出た。

「じゃあ見送りにいく」

「一人で平気です」

えつよはついてこようとする六助を遮《さえぎ》り、首を横に振った。

「見送りなんてされたら、却って去りがたくなりますから。ここでさよならさせてくださいな」

六助は悲しげに目を瞬《しばたた》いた。

「あたし、橋場じゃなくて、一つか二つ先の渡し場から舟に乗ります。六助さんもどうぞ仕事に出てください。せっかくいい天気なんですから。茶太郎からも勧めてちょうだいな」

そう言うと、茶太郎がえつよの手をぺろりと舐めた。

「お前も元気でね」

頭に手を乗せると、茶太郎がくうん、と鳴いた。毛のすべらかさも体温も、日向《ひなた》くさい匂いもいとおしくて離れがたかった。えつよは未練を断つように茶太郎から手を離し、六助の長屋から去った。

通りに出てからは、がむしゃらに早足で歩いた。

笠をかぶって顔を隠し、ひたすら前へ進むうちに悲しい気持ちがゆっくり薄れてきた。

端《はな》からわかってたくせに——。

いちいち切なくなる己が鬱陶《うっとう》しかった。まったく、我ながら愚かしくて嫌になる。何度同じことを繰り返せば懲りるのかと、えつよは自分を嘲《あざけ》った。

人が親切にしてくれるのは、何も知らないからだ。

犬医者どころか、えつよは罪人。腕には入れ墨の烙印《らくいん》もある。

奉公先の跡取り息子へ刃を向け、江戸十里四方払いにされたと知れば、六助だってあんなふうに自分を引き止めたりしなかったはずだ。

早足で歩いた疲れが出て、ふと立ち止まった。手の甲で額の汗をぬぐい、何気なく川へ目を向ける。

「え——」

長屋の前で別れたはずの六助が、渡し舟からこちらを見ていた。

乗っているのは茶太郎だけだ。仕事があるはずなのに、お客も乗せずに何をしているんだか。

黙って顔をそむけ、えつよは土手を歩いた。横顔に視線を感じる。六助がついてくる。こちらの足に合わせ、静かに舟を走らせる。見送ってくれようというのか。それとも。

えつよはふたたび足を止め、袖をめくった。肘《ひじ》を曲げ、入れ墨がよく見えるよう腕を突き出した。六助は静かな目でえつよを見た。

どんなに親切な者も、この入れ墨を一目見た途端に態度を変える。江戸を追われてから、ずっとそうだった。罪を犯した疵《きず》は一生消せないのだと、これまでの日々で思い知った。自分が悪いのだから仕方ない。ひっそり一人で生きていくのだと覚悟している。

六助は何も言わなかった。いつもと同じ、おどおどした自信のなさそうな顔で、えつよを見ているだけだ。本当に、もう。何を考えているのか、さっぱり読めないから嫌になる。

「わん」

黙っている飼い主の代わりに茶太郎が声を上げた。こっちを向いてよ、と言わんばかりに尻尾を振り、舌を出して鳴く。

同情されるのは迷惑だった。そういう無理は長続きしない。

罪人と関わりたくないのは当たり前。

たとえ本人がよくても、身内や周りの者の反対に遭い、やむなく手を引くこともある。罪人はいつまで経っても罪人。入れ墨をするのは、御上《おかみ》がそう考えている証。後で放り出すくらいなら放っておいてほしい。期待を裏切られるのは辛いから。そう思っているのに、六助はぼんやりした面持ちのまま艪を操り、川縁に近づいてきた。

変な人――。

堪らなくなって、顔が歪《ゆが》んだ。

二

火事から半月経った。

ようやく仮屋が建った。総泉寺の境内で寝起きしていた人々が駆けつけ、大工に頭を下げている。

不幸中の幸いで、取り壊したときの壁や屋根は使えるものが多く、ほとんど前と変わらない家を作ることができた。

もとより借り家だから大工への手間賃は家主が負担する。皿や茶碗など細々《こまごま》したものは新たに揃えなければならないが、町からいくらか金が出るというから、住人の持ち出しも少なくてすむらしい。

「小倉さま、いらしてくださったのですな」

浅草の娘夫婦のもとへ身を寄せていた又兵衛が、こちらへ歩んできた。

「おけいさんまで。お忙しい中、すみません」

「これで一段落ですね。本当によかったこと」

風呂敷に包んだ重箱を抱え、おけいが明るい声で応じた。

今日も差し入れを持参している。仮屋が建ったお祝いに、赤飯をたっぷり重箱に詰めてきた。

「おかげさまで。小倉さまが手伝ってくださったからです。このたびは、まことにありがとう存じました」

又兵衛は言うなり頭を下げた。

「大工の皆さんのご尽力の賜物《たまもの》ですよ。わたしなど、うろちょろしているばかりで、果たしてお役に立てたかどうか」

「とんでもない。お店の仕事もあるのに、お手を貸していただき助かりましたよ。

おけいさんのところには、実にいい若い方がいらっしゃいますな」

「ええ、うちでも頼りにしているんですよ。勝手場の平助とは祖父と孫のようで、仲もいいんです」

おけいにまで褒められ、ますます面映ゆくなる。

謙遜《けんそん》ではなく、大した手伝いもできなかった。仮屋が建ったのはひとえに本職の大工たちのおかげだ。健志郎は言われるままに木材を運び、ごみを片づけたくらい。それでもこうして無事に仮屋ができあがり、焼け出された近隣の人たちの晴れ晴れとした顔を見られたのは嬉しい。

又兵衛の女房のおれんも来ており、近隣の者と談笑していた。火事が起きた日は気を尖らせていた人たちとも、仮屋が建ち、ようやく元の暮らしに戻れるとあって、なごやかに話している。総泉寺でも雨風はしのげるが、やはり自分の家が一番なのだ。

おや――。

人の輪から少し離れたところに見慣れない男がいるのが、おけいの目に留まった。

中肉中背で、顎の張った四角い顔の男である。

木綿の着物に草履をつっかけ、どこかの店の手代のようななりをしている。歳の頃は四十半ばか、ひょっとすると五十近いかもしれない。

一見、どこにでもいそうな平凡な男なのに、どういうわけか気になった。

近所では見かけない顔だが、ご挨拶しておこうと、声をかけようと足を前へ踏み出したら、相手が気づいた。男は口許《くちもと》をほころばせ、小さく会釈して立ち去った。

通りすがりの人か——。

町で知らない顔を見ると、どきりとする。

火事の原因はまだわかっていないのだ。又兵衛の家の不注意による失火なのか、あるいは不審火なのか。一度あることは二度あるとも言うから、町では用心のために交代で見回りをしようという話も出ている。

「これ、あなたが配ってあげて。わたしは店に戻って仕込みを手伝うから」

おけいが風呂敷包みを差し出してきた。

「それなら、わたしも一緒にまいります」

「いいのよ。あなたは総泉寺にもよく顔を出していたでしょう。皆さん、お礼を言いたいと思うわ」

はい、と健志郎に風呂敷包みを預け、おけいが微笑む。

少し痩せたな、と思った。

笑窪の浮かんだ頰がほっそりとして、目の下には隈《くま》もある。それを隠すために、淡く白粉《おしろい》をつけているが、こうして日の光のもとで見ると、肌になじまず浮いている。もとよりきれいな人だけにそれが痛々しい。

常に笑みを湛えているものの、おけいは深い悩みを抱えている様子だ。それを傍で眺めるばかりで、力になれない己が歯痒い。

結局、えつよからは何も聞き出せなかった。

次の日にまた訪ねたところ、留守だった。その次の日は仮屋作りの手伝いに行き、三日開けて、ふたたび訪ねていくと、空き家になっていた。

えつよはおろか、六助まで引っ越していた。

（あんまり急だったもんで、行き先も聞いてなくてさ）

隣人のおかみも面食らっていた。六助が挨拶もなく引っ越したことに憮然《ぶぜん》としている様子だった。それまでは尋常な近所付き合いをしていたのだろう。えつよとも顔を合わせれば、普通に世間話をしていたそうだ。

今となっては確かめようもないが、おけいが訪ねていったからだろう。健志郎がその後に訪れたことが駄目押しになったのかもしれない。

（お嬢さま）

えつよの口走った言葉から察するに、えつよは昔、日本橋にあったというおけいの生家の使用人だったのだ。そこで何かしら悶着《もんちゃく》があり、暇をもらったのだと健志郎は考えている。おけいとおしげが日本橋を離れ、橋場の渡しへ流れてきたのも、おそらくえつよ絡みなのだろう。

小さな町だけに、これからどう付き合っていけばいいものか。下手に詮索して、おけいやおしげが触れられたくないものを突っつきたくはない。狭い武家の交わりの中で育ってきた健志郎は、それなりに世間の目の煩《うるさ》さを知っている。

と、足がくすぐったくなった。

「おや」

真っ黒な目をした犬がこちらを見上げ、尻尾を振っている。どうもこいつに足を舐められたみたいだ。

「豆子、わたしを憶えていてくれたのかい」

健志郎が屈んで豆子に話しかけると、

「もちろんですよ」

飼い主のおみよが代わりに答えた。顔をしわくちゃにして、眩しそうに健志郎を見上げている。

「豆子は面食いでね、小倉さまがお気に入りなんです」

「光栄だな。お返しに、豆子にもお赤飯を上げようか」

「まあ、お赤飯ですか。嬉しいねえ、もうずっと食べていないよ」

おみよは又兵衛の隣家で独り住まいをしている。痩せて小柄で、男にしては背丈の低い健志郎よりも、さらに頭一つ小さい。総泉寺にいた者のうちでもいっとう年寄りで、豆子が体調を崩したときには、ひどく落ち込んでいたと聞いた。

それが今日は白髪頭をきれいにまとめ、鼈甲《べっこう》の簪《かんざし》まで挿《さ》している。豆子が回復し、元気を取り戻したのだ。

犬医者のえつよが日陰に連れていって水を飲ませ、涼しいところで休ませてやってくれと進言したと、後から噂で聞いた。六助の船頭仲間の弥吉が名乗りを上げ、仮屋ができるまでの間、豆子を家で預かってくれたそうだ。

弥吉とは、健志郎も顔見知りだった。火事のときも六助と一緒に火消しを手伝い、仮屋を作っているときも、仕事の合間に顔を出した。

そうか、と思った。弥吉なら六助の行方を知っているかもしれない。

「こんにちは」

健志郎が挨拶すると、弥吉は片手を上げて応じた。

「よう、小倉さま。今日もご馳走を差し入れてくださるのかい」

「お赤飯です。仮屋が建ったお祝いでございますよ。たくさんありますから、よろしければ弥吉さんもどうぞ」

「嬉しいねえ。けど、あっしはいいですよ。みんなに腹一杯食わしてやってください。赤飯か、さすが『しん』の女将さんたちは気が利くな」

弥吉は気のいい男である。

総泉寺でも何度か顔を合わせた。妻子と近くに住んでいるからか、焼け出された人たちの苦労を他人事《ひとごと》と思えないようだ。六助のことも何かと面倒を見ているようだが、引っ越しのことは知らなかった。

「へ？　あいつ、越したんですかい」

それこそ鳩が豆鉄砲を食ったような顔をする。

「あっしは何も聞いてませんよ。へえ、あの長屋を出たんですか。どこへ行ったんだろ。そういえば、近頃は顔も見てねえな」

「何かあったのですかね」

「さあて。どうしたんです。あいつにご用でも？」

「いえ――」

探りを入れていると思われないよう、健志郎は口を濁した。

「しばらく『しん』にいらっしゃらないと思ったら、どうも引っ越されたとのことで、女将さんたちが寂しがっているのです。六助さんはお得意さんですから。また顔を出してくだされぱいいのですが」

「なるほど。心配してくださってるんですね。あいつは果報な奴だなあ」

弥吉はうなずきながら、分厚い掌で顎を撫でた。

「なあに、そのうち行くんじゃないですか。あいつ、『しん』の皆さんのことはよく話すんですよ。なんでも前にも世話になったみてえですね。何なら、今度見かけたら、あっしから言っておきます」

弥吉は屈託《くったく》ない顔で請け合ったが、たぶん六助は来ないだろう。

急な引っ越しも、えつよが絡んでいる気がする。おけいと顔を合わせないよう、二人は橋場町を離れたのだ。親しい弥吉にも話していないことからも、慌ただしい引っ越しだったと窺える。

まいったな――。

話を聞く糸口が切れてしまった。

引っ越し先がわかれば、そこへ訪ねていくのだが。どうしたものかと、健志郎は頭を抱えた。

三

戸を開けると、蟬が鳴き出していた。

「今日も暑くなりそう」

「ああ」

「ちゃんと笠をかぶってね。手ぬぐい持っているわよね？　汗をかいたままにしておくと、かぶれるわよ」

えつよが念を押すと、六助が苦笑いした。

「平気だよ。子どもじゃねえんだから」

「そうだけど」

「……そっちこそ」

「あら、あたしが何ですか」

「無理に働かなくてもいいんだ。えつよさんと茶太郎が食う分くらい、おいらでもその気になれば稼げる。——が、頑張れば、の話だが」

言いながら、六助は顔を赤くした。亭主みたいな口を利くことに照れているのだ。向島でともに暮らすようになって半月ほど経つのに、いまだに六助はえつよに遠慮している。

同じ家に暮らすといっても、夫婦となる気はないのかもしれない。そんなふうにも疑っていた。六助は一つしかない布団をえつよに使わせ、自分は部屋の隅で丸くなって寝るのだ。

そんなことをされては、却って気を使う。働いているのは六助なのだから布団を使ってくれと何度説いても、自分は暑がりで布団が苦手だと子ども騙《だま》しの言い訳を通そうとする。

案外、意固地《いこじ》な人なのだと、近頃になってわかってきた。自分が納得しないと、決して首を縦に振らない。もっとも、そんな人だから、えつよも六助を振り切れなかったのだ。

「じゃあな。いい子にしてろ」

六助は茶太郎の顔を両手で包み、話しかけた。

「……行ってくる」

「はい、お弁当」

梅干しおむすび二つに漬け物だけの質素なものだが、六助は毎日頬を緩ませて受けとる。

船頭は力仕事で汗をかくから、おむすびの塩はきつめに振ってある。間違っても、茶太郎には食べさせられない。

「行ってらっしゃい、気をつけてね」

橋場の長屋にいた頃は、紐をつけた茶太郎を渡し場まで連れていき、六助に託していた。向島に越してきてからは、茶太郎はえつよと家で待つようになった。

これまでは一緒に舟に乗せていたが、さすがに夏場は毛むくじゃらの犬を連れ回すのは酷だからと、えつよと留守番をさせることにしている。

出かけるとき、六助は戸を閉めていく。橋場の長屋に住んでいたときには開けたままだったが、えつよのために閉めるようになった。

優しい人なのだと、つくづく思う。

橋場の渡しで下りることもしょっちゅうあるだろうに、六助はもう『しん』には足を向けなくなった。寂しいはずなのに、えつよにはそういう気振《けぶ》りも見せない。食べる口が増えたのだから、つましくやるのが当たり前だと、律儀《りちぎ》に弁当を持っていく。

戸が閉まると、蟬の声はわずかに遠くなる。窓から射し込む陽がほの暗い台所の床で、ちらちらと踊っていた。

「洗い物をすませたら、散歩に行こうか」

「わん」

「いいお返事ねえ」

散歩と聞くと、茶太郎の黒い目が輝く。ちゃんと人の言葉がわかっている。飼い主がよく話しかけている犬や猫は大抵そうだ。

今日は口入れ屋に行こう。六助は家にいればいいと言うが、ただ養ってもらうのは気が引ける。

二人は百姓家《ひゃくしょうや》の離れを間借りしていた。橋場町の長屋と店賃はそう変わらないが、食べる口が二つになった分、月々の掛かりは増えている。六助の稼ぎだけでやっていくことはどうにかできるものの、蓄えがなくては心細い。

向島には隠居した商家の大店《おおだな》の主の屋敷がいくつもある。ことに桜で有名な隅田堤《すだづつみ》の近くには、敷地を広く取った屋敷や風流な寺が並んでいる。

初めて訪れたときは気後れした。

さすが八代将軍徳川吉宗《とくがわよしむね》が享保《きようほう》二年（一七一七）に桜百本を植えさせたのが始まりと言われる隅田堤だと、場違いな思いを抱いた。が、少し歩いてみれば橋場町と同じく田畑も多く、昔ながらの百姓家もある。そういう鄙《ひな》びた土地柄だから、富裕な隠居が屋敷を構えたくなるのだろう。

えつよと六助も、田畑の一角にある百姓家の離れを借りて住んでいる。古いが、部屋も二つあって住み心地もいい。この町なら、通い女中の口はいくらでも見つかると、えつよは踏んでいた。

もしそういう口が埋まっているなら内職でもいい。六助を心配させないために、家の中でやれる仕事を探すのも良さそうだ。

そんなことを考えながら、茶太郎を連れて散歩に出た。

口入れ屋の場所は、家を借りるときに、大家に聞いてあった。

長屋を出て、茶太郎の紐を手に隅田堤を歩いた。日射しは強いものの、葉の生い茂った桜並木は木陰になっており、さほど暑さを感じなかった。川風も心地よく、茶太郎の気の向くまま歩いているうちに、口入れ屋の看板が見えてきた。

大家が店子に紹介するだけに、割と小綺麗な作りの平屋で、戸の前も掃き清められている。

ついでだからと、その足で入ることにした。思ったが吉日のとおり、いい口に当たるかもしれない。

「こんにちは」

茶太郎の紐を桜の木の幹につなぎ、えつよは口入れ屋を訪ねた。

半刻後。

針仕事の内職の口を得て表に出ると、茶太郎の傍に男がいた。笠を深くかぶっているから目の辺りまで隠れているが、すっとした鼻筋と形のいい顎が目に留まった。

腰を屈め、茶太郎の胸の辺りを撫でている。

「あの――」

三味線の皮にするのに猫をさらう輩《やから》がいるとは聞いたことがあるが、ひょっとすると犬を狙う者もいるのか。

屈んでいても、男の背が高いのは見て取れた。手でも上げられたらどうしようと怖《お》じ気《け》づきそうになったが、やはり黙っているわけにいかない。

「その犬はうちの子ですよ」

男がふり向き、こちらを見た。

腰を伸ばして立つと、案《あん》の定《じよう》男は長身だった。相対する形で見上げても、やはり笠が邪魔で顔がよく見えない。

何のつもりかしら——。

勝手に人の犬を撫でたりして図々しい。女だからと舐めてかかる気なら、大きな声を上げてもいい。口入れ屋の主が出てきたら、誰か呼びにいってもらおう。

それにしても、どうして返事をしないのだろう。男は黙って突っ立ち、こちらを見ている。笠の下でどんな目つきをしているものやら、隠れている分、恐ろしさを掻き立てられるようだ。

「さ、行きますよ」

なるべく男に近寄らないよう腕を伸ばし、えつよは幹に結んだ紐を解いた。手が汗で滑り往生したが、力任せに解いて引っ張った。

その間、男の目線を痛いほど感じた。それもまた気味が悪い。えつよは紐を持っていないほうの手で襟元《えりもと》をかき合わせ、足早にその場を立ち去ろうとした。

「セツ」

背中越しに、昔の名で呼びかけられた。

川風が立ち、波音が低い声にかぶさった。我知らず足が止まる。

前を歩いていた茶太郎が、つと怪訝《けげん》そうに首を後ろに巡らした。わうん、と促すようにひと鳴きしたものの、えつよの様子から異変を察したのか、おとなしくその場でお座りした。

「お利口だな、茶太郎は」

男はかすかに笑みを含んだ口調で言い、笠を脱いだ。

「やはりセツか」

我知らず、目が釘付けになる。

「驚いたな、こんなところで会おうとは。江戸の町も狭いものだ。あれから九年か、あまり変わらないな、セツは。遠目に見てすぐにわかった」

変わらないのはそちらのほうだと思った。いくつになったのかと、頭の中で計算する。

えつよが二十九だから、この人は三十四。同じ年頃の男にはもう腹の出ている者もいるだろうに、相変わらず姿がいい。昔からそうだった。端整《たんせい》な顔で姿勢がよく、町を歩けば娘たちがふり返っていた。

「――若旦那。新吉さま」

「止してくれ。とうにそんな身分じゃないんだ」

ならば、何と呼べばいいのだろう。

木の下にいるせいか蟬がやかましかった。それなのに、しんと静まり返っているみたいに思える。聞こえるのは己の心《しん》の臓《ぞう》の音ばかり。

まさかこんなところで、しかも先日のおけいに引き続き、この人とまで邂逅《かいこう》するとは夢にも思わなかった。男は日本橋瀬戸物町の『藤吉屋』の跡取り息子の新吉だった。

「ご無沙汰しております。その節はまことに申し訳ありませんでした」

今さら詫びても遅いと百も承知で、えつよは頭を下げた。こんな往来でそんな真似をして、人が通ったら変に思われる。すぐに立ち去るべきだとわかっていながら、頭を上げられなかった。

「セツは息災《そくさい》か？」

「はい。新吉さまは……」

「ご覧のとおりだ。昔よりだいぶ色も黒くなって、逞しくなっただろう」

そうですか。と、胸のうちで相槌を打った。

えつよのまぶたの裏に棲《す》んでいたのは、母親のおしげ譲りの色白で端整な姿だ。

三十半ばに差しかかった新吉は年輪を重ねた分、亡き父、『藤吉屋』の主善左衛門の面影を宿すようになった。

本当によく似ている。顔かたちはもちろん、目下の者に対する気の配り方が亡き善左衛門そのままだ。

奉公していたとき、えつよはよく声をかけてもらった。

(困っていることがあったら、いつでも遠慮せずに言いなさい)

お世辞ではなく、心からの言葉に聞こえた。

実際その通りだったのだと思う。善左衛門は懐が深い人だった。奉公人も身内に数えるような人で、だから勘違いしてしまった。目下の者への気配りをえつよは見《み》初《そ》められたものと思い込んだ。

それが独りよがりとわかってからは、きまり悪さを恨みにすり替えた。甘い期待を抱いた分、落胆は大きく、惨《みじ》めな気持ちに押しつぶされそうで、えつよは刃物を持ちだしたのだ。

取り返しのつかないことをしたと、あのときからずっと悔いている。愚かな独りよがりのせいで大勢に迷惑をかけた。

「いつまで、そうやっているつもりだ。のぼせて目が回るぞ」

頭を下げ続けているえつよを、新吉が諭した。声色が優しい。

どこかで邂逅したら、顔を背《そむ》けられると思っていた。口を利いてもらえるなど、夢にも思わなかった。

おそるおそる顔を上げると、新吉はまだそこにいた。本人の言うように色が黒くなり、目尻には昔なかった皺も刻まれている。着ているのも色の褪《さ》めた木綿もので、今の暮らしぶりが窺えた。

「ひょっとして、六助と知り合いか？」

新吉は茶太郎の頭に手を乗せた。

「一緒に暮らしているんです……」

えつよが答えると、新吉は合点がいった顔をした。

「へえ、そうか。だから茶太郎を連れているのか」

「はい」

「六助は優しいだろう」

「はい、とても……」

目を伏せると、「安心したよ」と新吉がつぶやいた。

「どうしているかと思っていたんだ。苦労しているんじゃないかと、心配していたんだ。でも、六助と一緒なら大丈夫だな」

はい、と答えようとしたができなかった。

「すみませんでした。あたし、あたしのせいで……」

「もう詫びるな」

新吉が静かに制した。

「そんなつもりで笠を取ったんじゃない。元気でやっているから心配無用だと言うつもりで、今の姿を見せたんだ」

「元気でいらっしゃるのですね」

「ああ。見ての通りだ」

実感のこもったつぶやきだった。

当たり前ながら、新吉も苦労したはずだ。

それなのに昔のままの品のよさを保っているのが嬉しい。苦労しても新吉は新吉。

えつよの言える義理ではないが、それがせめてもの救いかもしれない。

過ごしてきた九年を思うと、気が遠くなりそうだった。

「お互い、よく生き延びたよな」

新吉の言う通り。

辛い日々の中でよく生き延びたと、自分でも思う。いっそ消えてしまいたいと何度願ったものか。

九年の間、新吉を忘れたことはなかった。

いつの日か詫びたいと願っていたが、この世では果たせぬことと諦めていた。詫びたいのはこちらの勝手で、口にすれば相手に決断を迫るも同然だから、死ぬまで罪を背負って生きていくのが自分なりの詫びだと思ってきたのだ。

新吉が立ち去った後も、えつよはその場から動けなかった。許してもらえたとは思わない。そこまで虫のいいようには考えられないし、考えるべきではないとわかっている。だとしても、生き直してもいいのだと、ささやかな幸せを願ってもいいと、やっと思える気がした。

息を深く吸ったとき、頰にぽつんと雨が当たった。

おや、と思ってあおむくと、透明なしずくがぽつぽつと降ってくるのが見えた。空は明るいから、お天気雨だ。土埃の匂いが強くなり、大粒の雨が顔を濡らした。いいときに降ってきたものだと、えつよは思った。これなら泣いてもわかるまい。安心して気を抜くと、頰を熱い涙がすべり落ちた。

それからどうやって家まで辿《たど》りついたのか、いっときの雨は止み、ふたたび蒸し暑くなった。家にいても外で夕焼けが辺りを照らしている気配を感じる。えつよは部屋の隅で座り込んでいた。

「何だ、いたのか」

戸の開く音に身を硬くすると、びっくりした顔の六助と目が合った。

「あんまり静かだから、出かけてるのかと思ったよ」

いつもなら六助が帰宅した途端、喜んでじゃれつく茶太郎も、土間でひっそりと横になっている。

「顔色がよくねえみたいだ。どこか具合でも悪いのかい」

六助が心配そうに眉尻を下げた。

「待ってな。今、水を汲んでくる」

えつよが立とうともしないのを見て、六助はあたふたと茶碗を手に出ていった。やがて、井戸の水をたっぷり入れて戻ってくると、足も洗わずに膝を突いてにじり寄ってきた。

「飲めるかい。もしあれなら、医者を呼んでくる」

「平気です」

「けど――」

「本当に大丈夫ですよ。体は何ともないんだから」

茶碗をこちらに差し出したまま、六助は困ったように汗をかいている。

「ありがとう」

えつよは茶碗を受けとり、口をつけた。けれど、水が入っていかない。喉はからからに渇いているのに体が受け付けないのだ。無理に飲んだら噎《む》せてしまい、六助が背をさすってくれた。

苦しくて涙ぐんでいると、

「や、やっぱり医者へ行こう」

六助がえつよの手を取った。肉刺のできた硬い掌は温かかった。

一日お客を乗せ、渡し舟を漕いできた六助は乾いた汗の匂いがする。目が回りそうなほどお腹が空いているだろうに、ご飯の支度ができていなくても不機嫌にならず、せっせとえつよの世話を焼いている。

具合が悪いのではない。気が抜けたのだ。新吉の昔と変わらぬ精悍《せいかん》な姿に接し、ほっとしたのだ。苦労のせいで荒《すさ》んでしまっていたら、と怯えていたが杞憂《きゆう》だった。新吉がまっとうに生きている。そのことが嬉しい。

果たして、こちらはどのように映っただろう。問われることに答えるので精一杯で、何もこちらからは訊けなかった。

なぜ新吉は六助を知っているのだろう。おまけに茶太郎のことまで。

訊ねたかったが、答えを知るのが怖かった。今日のところは、ともかく恙《つつが》なく、一日を終えたい。

いい天気だったから、布団を干しておけばよかった。

ふと、えつよは思った。寝間着も洗っておけば、もう乾いていただろうに。

「ごめんなさいね。あたし、ご飯作るのを忘れちまって。今から支度しますから、風呂へ行ってきてくださいな」

「嫌だ」

きっぱりと言い、六助は首を横に振った。

「あ、あんた、この家を出ていくつもりだろう」

「そんなことしませんよ」

「嘘だ」

「嘘じゃありません。ちゃんと待ってますから、安心して行ってきてくださいな。汗まみれのままじゃ疲れが取れないでしょ」

それでも六助は頑《がん》として動かない。えつよの手を握ったまま、ぐっと口を結んでいる。

「嫌ねえ、怖い顔をして」

「ど、どうして笑うんだ」

「え？」

「泣きてえんなら、泣けばいいじゃねえか。そうやって堪えてるのは、おいらが頼りないせいだろ」

「まさか。そんなんじゃありませんよ」

えつよが即座に打ち消しても、六助は返事をしなかった。こわばった面持ちで、しきりと目を瞬いている。

馬鹿ねえ――。

涙を堪えているのは自分のほうじゃないのと、えつよは思った。六助は赤い目をして小鼻をふくらませていた。子どもみたいな顔つきだ。この人は小さいときから、ずっと今みたいな思いをしていたのかもしれない。

「出ていきませんたら」

えつよは繰り返した。

嘘ではない。今さら逃げるつもりはなかった。頼れる先などないのだから。どこへ行こうと昔の罪は追いかけてくる。それに何より、六助と離れるのが嫌だった。不器用で優しくて、決して嘘をつかない。ここを出ていけば、二度とそんな人には会えないだろう。

「だったら、一緒に行きましょうか」

今日はえつよもたくさん汗をかいた。しかも働き者の六助のかく心地いい汗とは違う、決まり悪い脂汗《あぶらあせ》だから、寝る前にさっぱり洗い流してしまいたい。えつよも行くならと、六助は手ぬぐいを首からかけた。機嫌を直した様子なのは、いつもの茫洋《ぼうよう》とした顔に戻ったことでわかる。

風呂屋を出ると、外で六助が待っていた。

「帰りに蕎麦《そば》を食おう」

「さっぱりしたら、お腹が空いたのね」

「いや。帰ってから飯の支度をするんじゃあ、え……えつよが大変だろ」

早口に言った後、六助は耳まで赤くなった。

えつよ。

初めて名を呼んでくれた。せっかく風呂へ入ったのに、また顔に汗をかいている。

えつよは下を向いて笑い、六助を見つめた。

「じゃあ、お蕎麦を食べていきましょうか。家に冷《ひや》ご飯があるのに、勿体ないけど」

「うん」

照れ屋なんだから――。

近いうちに、新吉と会ったことを話そう。どうしてその人を知っているのだと、六助は驚くはずだ。

新吉は川で渡し舟を流しているとき、茶太郎が桜の木につながれているのを見かけ、心配になって下りてきたのだそうだ。前に六助が話していた、溺れかけていた茶太郎を助けたのが新吉だった。

その縁が始まりで、いろんな人とつながり、六助は船頭になった。

それもまた縁なのだろう。新吉が告げ口をするとは思えないが、そういう心配を抱えて同じ屋根の下に暮らしてはいかれない。

えつよは『藤吉屋』で起きた一件について、六助にすべて打ち明けるつもりだ。罪人だったことは話したが、詳しいことは伏せてきた。『しん』のおけいとは昔の知り合いで、顔を合わせにくいのだと伝えてある。

それから、『しん』へ挨拶に行く。

九年前には詫びもせず、江戸を追われたのを盾に江戸から逃げた。その不義理について、きちんと頭を下げなければなるまい。

四

定休日は、おしげと二人でのんびり過ごすことが多い。

「ああ、おいしい」

小上がりでほうじ茶を飲みながら、おしげがつぶやいた。

「やっぱり、夏は熱いお茶に限るわ」

「そうね」

何気なく返すと、おしげが苦笑いした。

「なあに、朝から張り合いのない相槌ねえ」

「ごめんなさい。ついぼんやりして。桃でも剝きましょうか」

「わたしが剝くわよ。その調子で包丁を持ったら、指を切るに決まっているもの」

「大丈夫よ」

「いいから休んでなさい。お茶のお代わりも淹《い》れてくるから」

身軽に腰を上げると、おしげは二人分の茶碗を盆に乗せて、厨へ向かった。

駄目ねえ——。

おけいは自嘲《じちょう》した。お店が休みだと思うと、気が抜けてしまっている。だからといって、母親を動かすようでは情けない。熱いお茶を飲めば、シャキッとするだろうか。

ぼんやりしているのは、内緒ごとを抱えているせいだ。『藤吉屋』のかつての奉公人のセツが六助の家にいることを、まだおけいは誰にも話していない。お店がある日は朝から晩まで忙しく、夜はおしげも疲れているからとの遠慮があった。それで定休日を待ちわびていたのだが、いざとなると、どう切り出すべきか悩ましい。九年の間、セツの名はずっと禁句だったのだ。

おしげはすぐに戻ってきた。

「さ、いただきましょう。ちょうどよく熟《う》れてるからおいしいわよ」

楊枝《ようじ》を刺した桃を小皿に取り、おしげの前に差し出してくる。

「お茶も淹れ直したから、熱いうちに飲みなさいな」

「ええ、ありがとう」

薦められるままに食べると、桃はびっくりするほど甘かった。瑞々《みずみず》しく頃合いに熟れている。

「――おいしい」

「あら、本当。いい桃ねえ。さすが平助さんは目が肥えてる。朝ご飯をいただいたところなのに、ぺろりと入るわね」

桃は昨日、青物市場で平助が仕入れてきたのである。お客さんにも食後の水菓子として出して喜ばれたが、これだけ美味なら納得だ。おしげと二人でまたたく間に平らげてしまった。

「もう一ついただきたいところだけど、次のお楽しみに取っておきましょう。また平助さんに頼んで、買ってきてもらうわ」

子どもの頃から、おしげはいつもこうだった。おいしいものほど腹八分目に抑えておくのが、感激を長持ちさせるコツなのだとか。

「ええ。少し多めに仕入れてもらって、仮屋の皆さんにもお裾分けしていいかしら」

「もちろんですよ」

おしげは了承し、ふと笑った。

「それにしても、あなたが桃をお裾分けするなんてね。昔は大事に取っておき過ぎて、腐らせたこともあるのに」

「もう。そんなの子どもの頃の話でしょう」

桃を食べるたび、おしげは同じ話をする。

七つのときのことだ。子どもながら、おけいは桃の食べ頃にうるさかった。柔らかく、汁がしたたる甘い桃が好きで、硬いうちは「まだ駄目」と言って剝かせない。

子どもの割に目が確かで、家ではおけいが桃の食べ頃を見極める役を仰せつかっていたのだが、あるとき、いざ皮を剝いてみたら、とうに腐っていたことがあった。せっかくの桃を駄目にした落胆のあまり、おけいは泣きべそをかいた。古くて甘酸っぱい思い出だ。

「あれは何年前のことだったかしら。三十年、いえ三十五年は経つわね」

「三十年ですよ。三十五年前といったら、わたしはまだ赤子《あかご》ですからね」

「見栄張っちゃって。赤子は大袈裟です。もう這《は》い這いしていたわよ」

まったく――。

「母さんたら。いくつになっても、歳の差は同じなんですからね」

「そう?」

おしげはとぼけている。

「まあいいわ。何年前でも。どのみち昔のことだもの。あのときおけいはなかなか泣きやまなかったわねえ。また買ってあげるからと言っても、いつまでもしょんぼりして。可愛かったこと」

「いやあね、しんみりしちゃって」

「そんなわけでもないけど。歳のせいかしらね、このところ昔のことをよく思い出すのよ。瀬戸物町にいた頃のこと。夢に見たりもするの。懐かしくてねえ。おけい、今度一緒に行ってみない？」

突然何を言い出すかと思った。橋場町に越してきてからというもの、一度も瀬戸物町には足を向けていないというのに、いったいどんな風の吹き回しだろう。

「でも、昔の知り合いに会うかもしれないわ」

「それがどうしたの。知り合いにあったら挨拶すればいいだけでしょうに。『お久し振りでございます』って。おかげさまで元気でやっておりますと言えば、皆さんも安心すると思うわ」

おしげはさも当然といった顔で言う。

「何よ、そんな顔して。別におかしな話でもありませんよ。昔話でもして、いっしょに甘いものでもいただけば、また以前のように笑えますよ。仲良くしていた方たちで、敵《かたき》同士じゃないんですから」

ひょっとして、おしげは勘付いているのかもしれない。おけいがセツを見かけ、それを口に出せずにいることを察し、水を向けている。そんな気がした。

「あちらが反応に困らなければいいけど」

「どうして困るの。わたしたちは何も悪いことをしていないでしょう。堂々としていればいいのよ」

それは道理だが、世間はそう見てくれない。親しくしていた人たちは皆、潮が引くように去っていった。

「母さんは達観しているから」

「何です、ひとを修行僧みたいに。そんなんじゃありませんよ。歳をとったせいかしら、些細《ささい》なことは水に流せるようになったの」

「そう」

おけいは控えめに相槌を打つにとどめた。

「まあね、陰口を叩かれて悔しい思いもしたけれど、それくらいのこと誰しもやっていますよ。男たちだって寄り合いで集まって、噂話を肴《さかな》にお酒を飲むでしょう。

それと同じ」

あの頃、おけいは婚家で使用人と顔を合わせるのが怖かった。みな、こちらの顔を見ると、申し訳なさそうに目を逸らす。それだけで、陰でどんなことを言われているか察せられるというものだ。

「でもね、わたしに冷たくした裏で、きっと後ろめたい思いをしていたんじゃないかしら。もとは親しくしていたんだもの。だからね、こっちから会いにいったほうがいいのよ、向こうは気兼ねしているんだろうから。――ねえ、おけい。あなた、新吉を恨んでる？」

「まさか。新吉は弟なんだから」

「あら、桃を取られて泣いたじゃないの」

「桃なんて――。もしまた新吉に会えるなら、いくらでも譲るわよ」

心から思う。桃でも何でも食べさせてやりたい。この家に迎え入れて、日に干した布団に寝かせてやりたい。

「ね、そうでしょう。喧嘩をしても、それはそれ。仲直りできるものなの」

同じ親から生まれ、一緒に育った姉と弟だから許せるのか。

それだけではないと、おけいは思っている。いがみ合う兄弟の話など世間でいくらでも聞く。おけいが新吉を恨めないのは、仲がよかったからだ。

あの子はちゃんと食べているだろうか。お米だけでなく、季節ごとの果物を口へ入れられる暮らしをしていればいいと、常々案じている。

なのに、セツのことは――。

申し訳ない話だが、正直なところ、新吉のようには案じていなかった。

むしろ考えないようつとめていた。セツのことは頭で一線を引いていた。

元はと言えば、事件を起こしたのはセツだ。恨みこそすれ、同情する謂《い》われはないと突き放す気持ちもあり、どこかで顔を見ることがあったら、恨み言を口にしてしまいそうだと怖れてもいた。

しかし、いざ九年のときを経てセツに会ってみたら、そんな気にはならなかった。

それどころか、薄情だった己を悔いた。

自分でも意外だった。おけいは人から呑気と言われるが、実際のところそうでもない。顔が丸いから得しているだけで、おしげのように人が練《ね》れておらず、お腹の中は顔ほど白くないと自負している。

そういう自分だから、セツに会ったら嫌悪感で取り乱すのではないかと思っていたのに、いざ目の前にあらわれてみたら違った。いつの間にか嫌悪感は消え去っており、代わりに懐かしさを覚えたのである。

まだ三十になっていないのに、セツは白髪が目立ち、顔には翳《かげ》があった。そのことが痛ましかった。あの一件で苦しんだのは新吉だけではない。セツもまた長く茨《いばら》の道を歩んできたのだ。

江戸を追われるとき、誰か見送りにきた人はいたろうか。

セツの親は健在だったが、あの一件以降、行方をくらました。弟がいたはずだが、まだ若く、頼れなかっただろうから、セツはおそらく一人で江戸を去ったのだ。寂しかったろうにと、今になり可哀想になる。

再会したセツは、尋常な身なりをしていた。犬医者になったのなら、手に職もついたわけだ。

どういう経緯《いきさつ》で六助の家に居候《いそうろう》することになったのか知らないが、二人とも橋場町から引っ越してしまった。

自分と鉢合わせしたせいだ。間違いない。セツはおけいが近所に住んでいると知り、姿を消すことにしたのだ。六助まで一緒に越した事情はわからないが、よけいな手間とお金をかけさせたことが申し訳ない。

セツは昔の罪が露見《ろけん》するのを怖れているのだろうか。

六助にも伏せているのか。いずれにせよ、おけいは他言《たごん》するつもりはないのに。セツの話に触れれば、新吉のことも話すことになる。身内の恥を好んで世間に知らせる気になれないし、仮に新吉のことがなくても、赦免されて江戸へ戻ったセツの足を引っ張ろうとも思わない。

おけいは、そのことを伝えたかった。

もし居所がわかれば伝えられるが、さがすこと自体、セツにとっては重荷かもしれない。どうするのが最善なのか、おけいは延々と悩んでいるのだった。

せめて六助と会えたら言付けを頼めるのだが、そのせいでセツに迷惑が掛かるのも避けたい。

どうしたものかと考えていたら、戸の開く音がした。

おしげと顔を見合わせ、腰を上げた。

「はい、どなた」

小上がりから店に出ると、ちょうど今、頭に思い浮かべていた人が敷居際に立っていた。

が、もう一人いる。敷居際には二人立っている。

おけいはとまどい、咄嗟《とっさ》に言葉が出なかった。

一人はセツである。真っ青な顔をして、小刻みに震えている。

もう一人は別れた夫の仙太郎《せんたろう》だった。こちらは憤った面持ちをしている。二人は連れ立ってきたのではなく、店の前で一緒になったという話で、仙太郎は眉を吊り上げ、片手でセツの首根っこを捕まえていた。

店に出たまま戻らないおけいを気にしたのか、おしげが小上《こあ》がりから出てきた。やがて驚いたらしく、敷居際にいる二人を見て、ぎょっと目を見開いたが、すぐに気を取り直したと見えた。

「あら、ま。珍しい取り合わせだこと」

歌うように言い、おけいの傍らへ歩んでくる。

「どうぞ、中へお入りくださいな」

掌で小上がりを示し、ついでのように付け加えた。

「そうそう、桃があるんですよ。召し上がるでしょう？　でも、その前に仙太郎さん。その手を離してくださいな。その人は猫の子じゃないんですから」

小上がりに四人で腰を落ち着け、それぞれから話を聞くことになった。

壁を背にした上座に仙太郎とえつよことセツ、対する下座におしげとおけいで、気まずい顔を突き合わせている。ことに仙太郎は両腕を組み、不機嫌をあらわにしていた。

「あのね。睨めっこじゃないんですから、そんな難しい顔をなさるのは止めてくださる」

「あいにく気難しい顔は生まれつきなんですよ、お義母《かあ》さん」

仙太郎は皮肉な調子で返した。

「それより、お聞かせ願えますかね。なぜこいつがこの店に出入りしているんです。奉公人の分際《ぶんざい》で『藤吉屋』の看板に泥を塗った女じゃないですか。易々《やすやす》と許すのは如何《いかが》なものでしょうな。今もこの店の前でウロウロしていたのを、あたしが捕まえたんです」

仙太郎は『藤吉屋』の同業の飛脚問屋の若旦那である。当然、セツの顔もよく知っている。

「その台詞、そっくりお返しいたしますわよ。あなたはうちの大事な娘を追い出した人でしょう。よくもまあ、うちの敷居をまたげたものです。もう昔のことだから、これ以上は申しませんけど」

おしげの厭味《いやみ》を受け、仙太郎は薄い眉を心持ち寄せた。少々顎周りに肉がついたものの、あっさりとした目鼻立ちだからか、ぱっと見たところはあまり変わらない。

「昔のことは申し訳なく思っておりますよ、お義母さん。しかし、仕方なかった。うちは『藤吉屋』さんほどの大きな屋台骨ではございませんでしたからね、嫁の家のゴタゴタに巻き込まれてはひとたまりもない。佐太郎のためだからと親に諭され、泣く泣くおけいと別れたんです」

居丈高《いたけだか》な口振りながら、満更嘘《まんざら》でもないように聞こえた。仙太郎も離縁するのは辛かったのか。それなら、多少はこちらも慰めになる。

「それで？　突然こちらにいらしたのは何用です。ひょっとして、おけいと再縁を願っているのですか。そもそも、なぜこの店を知っているのです。別れた女房がどんな暮らしをしているか、人を使って見張っていたのかしら」

「ま、半分はおっしゃる通りです」

「半分？」

おしげは訊き返してから、隣にいるおけいにちらと目を寄こした。

「後者です。あたしはずいぶん前から、こちらのことは存じておりました。店の者を使って、おけいの消息を調べさせておりましたから」

「大事な跡取り息子の佐太郎の母親が貧乏していては、『信濃屋《しなの》』の外聞《がいぶん》に関わりますものね」

おしげの返す言葉にはいちいち棘《とげ》があった。仙太郎の長い顔に、いささかうんざりした色が浮かぶ。

「あまり意地悪なことをおっしゃらないでください。確かにうちの体面は気になりますが、それだけじゃありませんよ。佐太郎もあたしも、いまだにおけいを案じておるのです。信じてもらえないかもしれませんがね」

佐太郎の名を聞き、おけいの心の臓が跳ねた。手放した息子のことは常々考えている。

「そうじゃなければ、ここまで足を運んできませんよ。ただでさえ未練たらしいと、店の者にも笑われているんですから」

おけいの動揺を知ってか知らずか、仙太郎がため息混じりにぼやく。

ぷいと横を向くと鬢《びん》の白髪が目立った。顎の下に肉がついているのが、こうしてみると目立つ。よく言えば貫禄《かんろく》がついた。

仙太郎はおけいより十年上だから、今は四十七。あと三年で五十路《いそじ》と思えば老けるのも道理。変わっていないわけがなかった。自分だけが苦労したわけではない。

仙太郎だって辛い思いをしたのだと当たり前のことに気づいて、勝手に傷ついた己をおけいは恥じた。

「信じますよ」

おしげが言うと、仙太郎は顔を正面に向けた。

「ほう。そのまま受けとってよろしいですかな」

意外そうな色があらわれている。

「ええ。信じますとも。用件を伝えるだけなら、お店の人を寄こせばいいのですからね。あなたがおけいを案じてくださったのは本当なんでしょう。それで？　えつよ先生が何だとおっしゃるの。この方は旅の人ですよ。少し前に近所で火事が起きたのはご存じでしょう。それを機に橋場町で縁を得たのですよ」

じっと身を硬くしていた様子のえつよが、弾かれたように顔を上げた。

「そこですよ。そもそも、名がおかしい。この女はセツでしょう。昔『藤吉屋』で奉公していた使用人です。どうしてまた、えつよと名乗っておるのです。しかも、先生などと呼ばせるとは図々しい」

言いながら興奮してきたらしく、仙太郎が眉を吊り上げた。

一方のおしげは涼しい顔。言わせるだけ言わせてから、チクリと返す落ち着きようだ。

「仙太郎さんも歳を取りましたね。そんな昔の話を蒸し返して。セツは昔の名。今は、えつよ先生なんです。あなた、犬医者をなさっているんですってね」

水を向けられ、えつよが慌てて首を横に振った。

「違います。あたし、犬医者じゃありません」

「あら、そうなの？」

「前にちょっと下働きをしていたことはありますけど。先生なんて、とんでもない」

「つまり、犬医者になりすましたということかね」

「あたし、そんなつもりじゃ――」

仙太郎に詰問《きつもん》され、えつよは真っ青になった。首だけでなく両手まで出して、懸命に振っている。

「じゃあ、どんなつもりなんだね。犬医者でもないのに、犬や猫を診てやったそうだが。もし万一のことがあったら、どうするつもりだったんだね」

「それは――」

「所詮《しょせん》、相手は犬猫だと、深く考えなかったのかね。万一のことがあっても、どうせ自分は犬医者ではないのだからと、居直るつもりでいたんだろう。そういうところが図々しいというんだ」

唇を噛んでうつむくえつよを、仙太郎はさらに追い詰める。

「萎《しお》れた顔をすれば、許してもらえると思っているのか」

「いえ、許してもらおうなんて。そんな、とんでもない。あたし——」

「あのね、あんたにとってはたかが犬や猫でも、飼い主にとっては我が子も同然。偽医者に診てもらいたい者などいるものか。そりゃあ、最初は誤解があったのかもしれない。けど、あんたは二匹目が来ても本当のことを言わなかったんだろ。そういうところが嫌らしいね。セツからえつよと名を変え、先生と呼ばれていい気持ちでいたんだろうが、どうなんだい。あんた、してはいけないことをした自覚はあるのかね」

「………」

「そもそも、なんでこの近くをうろちょろしていたんだ。その訳を聞きたいね」

「——ご挨拶したいと思いまして」

「挨拶？　いったい何の挨拶だい」

「長く無沙汰《ぶさた》をしておりましたので。先日、おけいさまと偶然お目にかかる機会があったものですから。あらためてご挨拶を、と」

「以後お見知りおきを、とでも言うつもりだったのかね、いけ図々しい。誰がお前の顔なんか見たいものか。関わった者は皆早く忘れたいんだよ」

「おっしゃる通りです。あの、すみません。本当に……。己の立場もわきまえず、顔を出したりして申し訳ありません」

震えながら、えつよは畳に手をついた。今にも消え入りそうな声だった。正論で責め立てられ、ぐうの音《ね》も出なくなっているのだ。

とても見ていられず、おけいが口を開きかけたとき、

「仙太郎さん、いい加減になさい」

おしげがぴしゃりと言い、えつよの傍に行って肩を抱いた。

「そうやって相手の痛いところを平気で突くのは、弱い者いじめですよ。いい大人のすることじゃありません」

「いいんです、女将さん。悪いのはあたしなんですから」

えつよが顔を上げ、おろおろと口を挟んだ。

「いいえ、悪いのは仙太郎さんです。もう終わったことを今になって蒸し返して、女々《めめ》しい人ね」

さすがに仙太郎が顔色を変えた。が、おしげは語調を緩めない。

「いいですか、さっきも申したでしょ。この人はえつよさんなの。犬医者でもないのに怪我をした犬や猫を押しつけられ、懸命に看病してくださったの。あなたに言われなくても、怖かったに決まっているじゃないですか。他人様の大事な子の命を預かるんだもの。仕方なかったのよ。橋場には犬医者の先生なんていないんだもの。そういう事情も知らずに粗《あら》をつつくなんて、さもしいこと」

おしげはきっぱりと言い、えつよの顔を覗き込んだ。

「あなたが謝ることはないのよ。それどころか胸を張っていいんですから」

「あたしは何も――」

えつよは項垂《うなだ》れ、かぶりを振る。

「謙遜することないの。よくやってくれました。町の人はみんな感謝していますよ。あなたがいなくなって寂しい、って言ってるわ。今はどうしてるの？　六助さんと一緒なの？」

どさくさに紛れ、おけいはちっとも教えてくれないから、わからないのよ」

「まったく、うちの娘たちときたら。ちっとも甘えてくれなくて困るわ。いくつになっても、娘は娘なのに」

おしげはえつよの背中を撫でながら、上目遣いでおけいを見た。

「あなたがこのところ、ずっと様子がおかしかったことくらいお見通しなのに」

それから、今度はえつよに目を向ける。

「あなたも水臭い子ね。江戸へ戻ってくると知ったら、迎えに行ったのに。まだ小さかったあなたを『藤吉屋』へ迎えたときから、わたしはこれでも養い親のつもりでいたんだもの」

ため息をつき、おしげは自嘲するように言った。

「でも、わたしが悪いのよね。あなたがうちにいたときは叱ってばかりいたもの。あなたが怖がるのも無理ないわ」

「怖いだなんて……。女将さんはいつも優しくしてくださいました。お嬢さまも……。あたし、やっぱり伺うべきではなかったんです。すみません、お二人の気持ちも考えず、自分のことばかりで。謝って気が済むのはあたしだけなのに……」

それまで項垂れていたえつよは、慌てた様子で言う。

「そんなこと言わないでちょうだい。もう終わったことじゃないの」

おしげの声が柔らかくなった。

「昔はね、そりゃあひどく腹を立てておりましたよ。新吉は大事な息子ですもの。それに、おけいまで可哀想なことになりましたからね。あなたを恨んだこともありました」

えつよがふたたび項垂れた。その肩に、そっとおしげが手を置く。

「でも、全部昔のことですよ。わたしもおけいも今は幸せにやっているの。勝手場を任せている平助さんや、若いお弟子の健志郎さんとは身内みたいに親しくさせてもらっていますし。ですからね、もういいの。わたしたちがこの町へ来たのはご縁だと思っているんだもの。ねえ、おけい？」

「本当にそうね。わたし、近頃思うのよ。身内って親兄弟や夫婦だけではないのね」

おけいが何気なくつぶやくと、おしげが手を叩いた。

「そうそう、おけいもたまにはいいことを言うわね」

「母さんたら」

憎らしいことを言う。

まあいい。えつよを励ましたい気持ちは、おけいにもわかる。九年の月日を経て、恨みは哀れみに変わった。かつて自分の生家にいたセツ——えつよは、やはり身内なのだ。

「つまり、あなたも身内、いえ娘の一人だと母さんは言いたいのよ」

おけいが言うと、えつよがびっくりしたように目を見開いた。信じられないといった態だ。

「その通りです」

おしげが後を引き取り、さらに続けた。

「親が生きている間くらい、甘えていいんですよ。誰だっていつかは独りぼっちになるときが来るんだもの。それまでは泣き言でも愚痴でも、何でも話してくれればいいの。親はそのためにいるんだもの」

えつよに向かって言いながら、おしげはここにいない新吉へ語りかけているようだった。

そのことはえつよも感じているようだ。体を小刻みに震わせ、手の甲で口を覆い、押し殺したような嗚咽《おえつ》を漏らしている。罪を犯した身だからと、泣くのを憚《はばか》っているのだ。

「辛抱しなくていいのよ。ここにいるのは、みんな身内の者なんだから」

トントン、と優しく背中を叩くおしげの姿に、子どもの頃のことを思い出した。泣きべそをかくと、いつもこうして慰めてもらった。

えつよに、そういう思い出はあるだろうか。

七つで親元を離れて『藤吉屋』に奉公へ来て、おけいや新吉が甘やかされているのを横目に見て、どんな気持ちに駆られたことか。

「あなたには申し訳ないことをしたと、ずっと思っていたの。本当よ。だって、親御さんから大事な娘さんを預かったんだもの。辛い思いをさせてしまって、ごめんなさいね」

「いえ――。いいえ、謝るのはあたしのほうです。自分が悪いってことは、前からちゃんとわかってたんです。だって、あたしが勝手に、旦那さんに横恋慕《よこれんぼ》したんですから」

昔を思い返す顔で、えつよは打ち明けた。

「黙っていてすみません」

おけいの憶えている善左衛門は堅物《かたぶつ》だった。女遊びどころか、歌舞伎や浄瑠璃《じようるり》を見にいくこともせず、仕事一本槍で生きてきた。

跡取り息子の新吉には使用人の率先垂範《そっせんすいはん》たるよう説き、そのために己が手本を示していた。そういう父親だったから、信じがたかったのだ。あの父が使用人に手を出すなんて。

けれど、当時は抗弁することも叶《かな》わなかった。事実がどうあれ、使用人が罪を犯したのはこちらの落ち度。善左衛門のためにも、『藤吉屋』は何も語らず黙すことにしたのだ。

えつよは涙声で九年前の事件の一部始終を語った。

新吉へ刃物を向けたのは、自害しようとしたのを止められたからだという。善左衛門への横恋慕に破れ、ならば、と跡取り息子の気を惹こうとして、えつよはふり向いてもらえないなら死ぬと脅したのだ。

「みんな嘘なんです。旦那さまはあたしのことなど、ちっとも相手にしてくださいませんでした。あたしはそれが悔しくて、旦那さまに手を出されたって、嘘の噂を流したんです」

えつよは泣きながら畳に頭をこすりつけた。

「まあまあ、そうだったの」

おしげが目を潤ませた。

「教えてくれて嬉しいわ。ずいぶん長い間、悩んだり悔やんだりしてきたけれど。――こうして無事にまた会えてよかった。生きていてくれてありがとう」

思わずもらい泣きしそうになり、横を向くと、仙太郎が仏頂面《ぶっちょうづら》をしていた。おしげがえつよを慰めていることに納得がいかないのだろう。苦々しさを堪えているのが顔に出ている。おけいの咎《とが》める目に気づき、取り繕うように咳払いする。苦い顔つきはそのままだ。おしげがどう言おうと、えつよを許す気にはなれないようだ。

仕方ない。それだけ仙太郎も苦しんだのだろう。

家同士が決めた縁組みで結ばれた夫婦だから、あっさり切り捨てられたと拗《す》ねていたが、そうではなかったのかもしれない。親子と違い、夫婦は別れてしまえば他人だと思おうとしたのだ。弟の不始末で婚家に迷惑をかけたことを棚に上げ、仙太郎の薄情を恨んだ。

別れたくて、別れたわけではない。自分を諦めさせるために、おけいは仙太郎を悪者に仕立てたのだ。

いい夫だったことは、誰より自分が承知している。おけいが熱を出して寝込んだときには、心配して寄り合いに出かけるのを止め、看病してくれたこともある。

一粒種の佐太郎を産むとき、陣痛に苦しむおけいの手を握ってくれた。「女なら耐えて当たり前」と姑《しゅうとめ》が叱責《しっせき》したときには、それとなく部屋から追い出してくれた。

坊っちゃん育ちで人の情に疎《うと》いところもあるけれど、頼りになる人だった。佐太郎はもちろん、おけいのことも慈しんでくれた。別れて九年も経ってから、そんなことを思い出す。

辛い目に遭ったのは自分たちばかりではない。仙太郎も傷を負った。別れた後もおけいを心配してくれていたのに違いない。そうでなければ、いくらえつよを見つけたからといって、今さら離縁した女房の家をわざわざ訪ねてくるものか。自分でも言ったとおり、仙太郎は体面を気にする男なのだから。

「――火事の噂を聞いたときは、肝が冷えたよ」

ぼそりと言い、決まり悪そうに目を伏せた。

「心配してくださったんですね」

「女二人の所帯じゃあ、もらい火でもしたら大変だと思ってね。お義母さんはお歳だし」

しまいのほうは小声で言い、ちらと目を上げ、おけいを見た。聞こえなかったよな、と目顔で確かめる。

「ええ」

思わず笑いそうになって、慌てて口を閉じた。

おしげはこちらに目を向けつつ黙っている。いつもなら「誰が歳ですって」と食ってかかるところなのに、聞こえない振りをしてくれたのだと、おけいは可笑《おか》しくなった。

仙太郎は茶碗へ手を伸ばした。

「暑いときほど、熱い茶がうまいな」

「もうぬるくなっているのじゃありませんか。淹れ直しましょう」

おけいは仙太郎の手から茶碗を受けとり、盆に載せた。ついでにえつよの茶碗も併せて運び、厨で湯を沸かした。

一人になると、心の臓が波立っているのがわかった。足下もふわふわとして落ち着かない。

窓から射し込む日射しを受け、桃は産毛を金色に光らせていた。厨には甘い匂いが満ち、胸がほのぼのと温かい。ずっと胸を刺していた棘がぽろりと抜け、疼《うず》いていたところが癒《い》え、傷がふさがるのを感じる。

ちょうどよかったわ――。

おいしい桃を二人にも食べさせてやれる。

九年前、確かにおけいはセツと仙太郎を恨んだ。あの一件がなければ、きっと今も自分は日本橋にいて、飛脚問屋の若女将として暮らしていたはずだとも思う。けれど、それを言っても始まらない。

窓の向こうでは水の流れる音がする。

この店の外を流れる川のように、起きてしまったことは変えられない。昔を懐かしんだところで戻れるわけでないなら、波にもまれながらも泳ぎつづけ、そのときどきの幸せを見つけていくしかなさそうだ。

『しん』が橋場の渡しにあってよかったと、つくづく思う。

もし千住大橋のたもとに店を開いていたら、人目を忍ぶえつよとは再会できなかったに違いない。田畑に囲まれた道を歩き、渡し場で舟に乗ろうとする人にはたぶん、急ぐ用がない代わりに何かしら事情があるのだ。

川風に吹かれ、流れる水音に身を委《ゆだ》ねていると、胸の澱《よど》みがゆるゆる流れていくのを感じる。ここに来たおかげで、おしげもおけいも昔のわだかまりを手放せたのだ。

桃を剝き、熱いほうじ茶と一緒に運んでいくと、鼻の頭を赤くしたえつよが嬉しげに目許を緩めた。仙太郎も満更ではない様子をしている。

「さあ、どうぞ」

小上がりに、えつよと仙太郎がいるのが不思議だった。今日訪ねてこられるまで、ここに二人がいる光景を頭に思い浮かべたこともなかった。

「わたしと母さんはさっきいただいたから、二人で食べてくださいな。ほっぺたが落ちるくらい甘いのよ」

「あんまり甘いのはちょっとな。桃は少し硬いくらいがうまいんだ」

勿体ぶった調子で言いつつ、さっそく仙太郎は楊枝で桃をつまんだ。

「どう、おいしいでしょう」

おけいが訊くと、仙太郎は鼻を鳴らした。

「まあまあだ」

これは気に入った、という返事だ。

口の奢《おご》っている仙太郎が及第点を出すのだから、やはりおいしいのだ。その証に、すぐに二切れ目へ手を出している。さすがに平助が仕入れてきた桃だと、おけいはおしげと顔を見合わせて笑った。

佐太郎のことを訊ねたかったが、止しておいた。元気にやっているに違いない。桃を食《は》む仙太郎を眺めていると、そう信じられた。小上がりには甘い匂いが満ちている。

第四章　孝行

一

網の上で串に刺した鰻《うなぎ》がじゅうじゅういっている。

窓を全開にしても、厨の中は白っぽい煙で一杯だった。健志郎は平助の傍らで、ひたすら団扇《うちわ》でぱたぱた風を送っていた。

今日は魚河岸で江戸前鰻をたくさん仕入れてきた。戸に鰻あります、とおしげが達筆で書いた紙を貼ったところ、朝から鰻飯の注文が引きも切らないのである。

「おう」

平助が掛け声とともに鰻をひっくり返すと、いい色に焼けた皮から香ばしい匂いが立った。そこへ刷毛《はけ》でさっとタレを塗ると、鰻は照りと艶をまとってさらにうまそうになる。

「さあて、と」

頃合いに火が通ると網から上げて、丼にご飯をよそう。

これも平助がやる。

ご飯を半膳ほどよそったら、あらかじめ四寸に揃えてある鰻を並べてからご飯をかぶせる。そこへまた熱々の鰻をきれいに並べていく。たっぷりご飯が隠れるくらい載せたら、タレを回しかけ、山椒《さんしょう》を軽く振ったらできあがりだ。

「ほい、一人前上がったぞ」

平助が声を上げるや否や、おけいが丸盆を手に厨へ入ってくる。

「はあい」

差し出された丸盆へ、健志郎が鰻飯と岩海苔の吸い物の汁椀を載せたところへ、今度はおしげが入ってきた。

「二人前、追加でお願いしますよ」

「ほいきた」

軽い調子で請け合い、平助は桶から鰻を取り出し、さっと身を開いた。中骨を取って四寸大のぶつ切りにしてから、鉄のへらで網についた焦げをそぎ落とす。

注文が入るたび、平助は新たな鰻をさばき、網をきれいにしてから焼く。余分な脂やタレがこびりついたままだと焼き加減にむらが出る。面倒でも、その一手間で味が違うのだと、平助が教えてくれた。

それから汁物。

今日は吸い物だが、味噌汁の出汁《だし》も具材によって煮干しや鰹節《かつおぶし》を使い分け、季節ごとに味噌も替える。だから平助の料理にはまとまりがあって、すんなり胃の腑に収まる。魚の塩焼きに味噌汁といった、何ということもない献立だからこそ、おいしさが引き立つのだと、近頃は健志郎にもわかってきた。

若い頃は名の知れた料亭で働いていたというが、ちっとも鼻にかけないところも格好いい。おまけに平助は忙しいほど上機嫌になる。今も鰻を網に載せながら、鼻歌を歌っている。

「さっきから、どうした。俺の顔に何かついてるか」

平助は横目で健志郎を見た。

「失礼いたしました」

「別に失礼じゃねえけどよ。こんな爺の顔見て面白いかね」

「はい、とても興味深いです」

弟子としては、師匠の一挙手一投足からすべてを学びたい。包丁の使い方や火の入れ方、身につけたい技は様々あれど、何より厨にいる平助は活き活きとして、眺めているとこちらまで釣り込まれる。

「どんな興味だよ」

「師匠は、鰻をまるで我が子みたいに眺めていらっしゃいますね」

「そうか？　自分じゃわからねえけど。まあ、鰻も俺も色黒だから、親子みたいなもんかもな」

「そんなつもりで申したのではありませんよ」

「俺が鰻なら、お前さんも鰻ってことだな。ちっと色が白いが」

「わたしを子と思ってくださるのですか。光栄です」

平助を親と慕えるなら、鰻でも何でもいい。

「孫息子ってとこだな。さすがに子にしちゃ歳が離れすぎてる。——しかし、お前さんも奇特なお人だなあ。俺なんかの孫になりてえのかい」

「ぜひとも。末永く孝行いたします」

先の定休日に、えつよが『しん』を訪ねてきたと、おしげに聞いた。しかも、おけいを離縁した元亭主までやって来たのだとか。何とも不思議な組み合わせだ。いったいどんな話をしたのか、健志郎は知らない。昔、おけいとえつよの間に何があったのかも聞いていない。

が、それ以来、おけいが元気になった。ふっくら笑顔の若女将が戻ってきた。今日も店で忙しく立ち働き、にこやかにしている。事情はともかく、その姿に健志郎は安心したのだった。

えつよは向島に越したのだそうだ。『しん』の常連客の六助と所帯を持ったのだという。

嬉しかった。

六助とは店で何度か顔を合わせたくらいだが、真面目な人だとはわかっていた。しかし、如何《いかん》せん不器用だ。きちんと働き、飼い犬の茶太郎をいたく大事にしている一方、人付き合いは苦手そうに見えた。口下手な自分を低く見積もっているのか、伏し目がちなのが気になっていた。

それだけに、めでたい。

飼い主のために、茶太郎が縁を取り持ったのか。六助はこれからも船頭を続けるというから、いずれまた店にも顔を出してくれるだろう。平助も喜んでいた。次に店へ来たときには、赤飯を炊いてやるのだと言っている。

追加注文の鰻飯二人前ができあがった。

おけいとおしげは店で手が離せないようで、代わりに健志郎が運んでいくことになった。

鰻を焼く香ばしい匂いに誘われたのか、店は満員御礼である。

大半が旅人だ。振り分け荷物と笠を傍らに置き、鰻飯をかき込んでいる。

お客に食べたいおかずとご飯の炊き加減の好みを訊き、それぞれの口に合わせたおかずを作り、ご飯を炊くのが『しん』の流儀だが、今日訪れるお客は口々に鰻を求めた。まあ、そういう日もある。こってりした鰻でご飯が進むのか、炊いてもすぐにお櫃《ひつ》が空になり、厨はてんてこまいだ。

長床几《ながしょうぎ》に腰かけたお客は、一様に満足げな顔で鰻飯を頬張っていた。鰻もうまいが、ご飯がもっとうまいやと、蒲焼きを平らげた後にもお代わりする。

「おや、お侍さま」

鰻飯を運んで厨へ戻ろうとしたとき、声をかけられた。

誰かと思えば、かつて六助が暮らしていた長屋の隣人である。歳はおけいと同じくらいだろう、気取らない様子のおかみだ。旅人のお客に混じり、一人で長床几の隅に腰かけている。

少し前、えつよを訪ねて六助の長屋に行ったときに、井戸端にいて挨拶をした。あの日は又兵衛とおれんと鉢合わせして、えつよとはほとんど話ができず、次の日には越していってしまったから、おかみとも顔を合わせるのはこれが二回目だ。

「へえ、ここで働いているんだね。お侍さまが、どうしてまた」

おかみは目を丸くした。武家の健志郎が襷《たすき》掛けで飯屋のお運びをしていることに驚いているようだ。

「勝手場で下働きをしておるのです。以後、お見知りおきを」

「さすが、しっかりした口上だねえ」

などと世辞を言い、感心したように目を細める。

「ここの鰻飯、おいしいねえ。内職の仕立物を届けにいった帰りに、いい匂いがしたもんで、ふらりと誘われたんだよ。屋台で買うのとは大違い。仕立物の手間賃が入ったから、たまの贅沢と思ったんだけど、百五十文、出すだけのことはあるわ」

「ありがとうございます」

鰻飯は百五十文。

浅草やら神田《かんだ》の店と比べれば安いが、一膳飯屋の『しん』の中ではかなり値の張る料理だ。

棒手振《ぼてふり》から串焼きを買えば、一串十六文。

平助の鰻飯には三串分の蒲焼きが載っているが、値を考えると贅沢だ。それでもお客が入るのは、平助の作る鰻飯はタレが絶品で、ご飯そのものもうまく、とても家では食べられない味と評判だからだ。

棒手振の鰻から串を外し、ご飯に載せてもこうはいかない。平助が魚河岸で仕入れ、ふっくら焼き上げた鰻と、丁寧に炊いたご飯、この二つに甘辛いタレが絡んでいるから、お客は百五十文を払って食べにくる。

「ここは六さんの気に入りの店だよね。前から入ってみたかったのよ。そう、お侍さまとはここで知り合ったんだね」

「小倉健志郎と申します。六助さんにはいつも贔屓にしていただいております」

「あたしはふさ。亭主は大工なの」

「さようでしたか。わたしは火事跡の仮屋作りのお手伝いに顔を出しておりましたので、ご亭主にもお世話になっているかもしれません」

「そう？　うちの人、あんまり仕事の話は家に持ち込まないから。けど、よかったわよね。仮屋、もう建ったんでしょう」

「はい、おかげさまで。みなさん喜んでいらっしゃいます」

「そりゃ、そうよねえ」

いつまでも寺のお堂で寝泊まりしていては、この暑さも相まってしんどいだろうと大工たちが精を出したから、無事に仮屋は建った。焼け出されたのは年配の者ばかりで、よけい心配だったのだろう。

大工たちとも顔見知りになり、道で行き合うと気軽に声をかけてくれる。あの中におふさの亭主がいたのか。

「そうそう、小倉さまは六さんの引っ越し先がどこか聞いてる？　あの人つれなくてさ。黙って越しちゃったから、あたし知らないのよ」

「向島にいらっしゃるようです」

「へえ？」

おふさは眉を上げた。

「それはまた風流なところに越したもんだわ。いくら船頭は稼ぎがいいといっても、高が知れてるのにさ。どうしちゃったんだろ」

実際、六助の住まいの場所がどこなのか、健志郎は知らない。先にえつよがこの店を訪れた際、今は向島の百姓村で借り家住まいをしていると話していたそうだが、それだけだ。

「あちらにも渡し場がありますから。船頭さんには便利なところでしょう」

「そうだけどさ。渡し場ならこっちにもあるだろ。店賃だって安い。若いうちに贅《ぜい》沢《たく》を覚えると、ろくなことがないのにさ」

何とも相槌の打ちにくい話で、健志郎が黙っていると、おふさはよけいなことを言ったと思ったのか、顔の前で手を振った。

「いえね、又兵衛さんが訪ねてきたんですよ」

「六助さんをですか」

「ううん」

「違いましたか。それなら、えつよ先生を訪ねてこられたのですね」

健志郎が返すと、おふさはすいと目を横に流した。

「ふん、向島ね。又兵衛さんに教えてやらなくちゃ」

いったい何用だ。

飼い猫のミイのことだろうか。火事で軽い火傷を負い、えつよがしばらく面倒を見ていたと聞いたが、ひょっとしてまた怪我でもしたのか。

一瞬気になったものの、問い返す暇はなかった。また新たなお客が入ってきて、店は忙しくなった。おしげとおけいも手が離せず、厨から平助が顔を出し、目顔で健志郎を呼んだ。

「お仕事中の人をあんまり邪魔しちゃいけないわね」

おふさも気づいたと見え、それとなく話を終わらせた。健志郎は目礼をして厨へ戻った。

二

同じ川沿いでも、橋場とは町の色合いが違う。

向島に越してきてすぐ、えつよは思った。寺と田畑に囲まれていても、こちらはどことなくゆったりとして、整然とした美を感じる。

今は青葉を茂らせている隅田堤の桜は、花をつけていなくとも圧巻だった。道を彩るために植えられた木々は、背丈も概《おおむ》ね揃っており、行儀よく並んで近隣の者の目を楽しませている。

茶太郎を散歩させていると、身なりのいい人に行き合う。

道の向こうから犬連れの老人が歩いてきた。

「こんにちは」

商家の隠居といった風情で、物腰も落ち着いている。連れているのは鞠《まり》のような子犬だ。桃色の組紐をつけているから雌だろう。毛艶がよく固太りしているところからして、たっぷり餌を与えられ、可愛がられているのがわかる。

子犬は自分から茶太郎に近づいてきて、尻の臭いを嗅いだ。

ふんふん、と鼻をくっつけるようにしている。老人は蕩《とろ》けるような目で子犬を眺めている。茶太郎はおとなしくされるままになっているが、気性の荒い犬なら喧嘩になっているところだ。

やがて子犬は飽きたのか、ぷいと茶太郎から離れた。こまっしゃくれた童女みたいだ。つんと顎を上げて飼い主の老人を見上げ、さっさと行こうとばかりに桃色の紐を引っ張る。

「お金持ちの子だったねえ」

えつよは眠そうな顔の茶太郎に話しかけた。

「あの紐、たぶん呉服屋で誂《あつら》えたんだよ」

着物の帯締めに使う物だろう。いかにも手の込んだ組紐だった。そう、少し前に訪ねてきた芸者のお嬢さんが連れていた犬のお尻から、あれと似たような紐が飛び出していた。

茶太郎につけているのは、さっきの子犬の組紐とは違い、古着屋で買った安物の紐だ。それで十分だと思っている。お金に余裕があれば、買ってやりたくなるものかもしれないが。

飼い主の自分も組紐など持っていないのに、世の中には洒落た犬もいるものだ。六助が仕事から戻ったら、桃色の紐をつけた子犬の話をしようと思った。不躾にお尻を嗅がれても、茶太郎は平気な様子だったと言って褒めてやろう。

六助は無口だが、犬の話になると身を乗り出してくる。茶太郎のことはもちろん、小さな生きものをいとおしんでいる。いつか自分たちの子ができたときにはいい父親になりそうだ。

そんなことを考えていたら、出し抜けに肩を叩かれた。

ふり返ると、すごい形相《ぎょうそう》をした白髪頭の老人が真後ろに立っていた。手に竹箒を持っている。

老人は又兵衛だった。

「な、何ですか」

浅草の娘夫婦のところへ引き取られているはずだが、その家がこの近くなのだろうか。えつよが歩いていたのは隅田堤の切れた辺り、村の百姓から借りている離れまでの帰り道だった。

有名な菖蒲園《しょうぶ》のすぐ傍だが、花を見物に来たとも思えない、怖い顔をしている。

又兵衛はこめかみに青筋を立て、肩を怒らせていた。

「あんた、ミイをどこへやったんだ」

開口一番、問いただしてくる。

「え？」

「どこなんだね」

「どこって、あの」

食いつくように問われるのが怖かった。

「聞こえないのかね、ミイをどこへやったかと訊いているんだ」

「……ミイちゃん、いなくなっちゃったんですか」

「はあ？」

えつよが訊くと、又兵衛は苛立《いらだ》たしげに顔をしかめた。脅すように一歩前へ足を踏み出し、今にも嚙みつきそうな面相を突き出してくる。

「とぼけたことを言うんじゃないよ。いなくなったから、こうして行き先を訊ねているんじゃないか」

「いなくなったって、どうして」

剣幕に圧されつつ訊くと、又兵衛はいっそう声を荒らげた。手に握りしめている竹箒が気になり、足が震えた。

「どうしてだと？　とぼけるのもいい加減にしろ。あんた、うちのミイをいったいどこへ隠したんだ」

「そんな。隠してなんていませんよ」

「嘘をつくんじゃないよ、空々《そらぞら》しい」

又兵衛は癇癪《かんしゃく》を爆発させ、身をふりしぼるようにして叫んだ。茶太郎が怯えて、えつよに身をすり寄せてきた。犬は耳が利くから大きな声が苦手なのだ。くうん、と心細げに鳴き、尻尾を股の間に挟む。

「そいつはあんたのところの犬かね」

嫌な目で茶太郎を見て、又兵衛が言った。

えつよは咄嗟に茶太郎を自分の身で庇《かば》った。こんな往来で怖い思いをすることになろうとは、夢にも考えていなかった。胴震いしつつ、この子だけは守らなければと気を強く持った。

「ひとの家の猫を神隠しに遭わせておいて、自分のところの犬は庇うのかい。本当に憎らしい女だ。うちのミイをどこへ連れていったんだよ」

「あたしは何も知りません」

「御託《ごたく》を言うんじゃない、さっさと返せ」

とうとう又兵衛が手を出してきた。竹箒で殴りかかってくる。えつよは目をつぶり、茶太郎の上にかぶさった。

「この泥棒女。ミイを返せ」

竹箒の穂先が顔をかすめる。

誰か──。

えつよは茶太郎を横抱きにして逃げた。助けを求めたくとも恐怖で喉がひりつき、声にならない。

又兵衛は鬼の形相で唸《うな》り声を上げ、追いかけてきた。袖を摑まれ、つんのめる。竹箒で手の甲を打たれ、よろけて転んだ。口の辺りを擦りむいた気がしたが構っていられなかった。

茶太郎を庇いつつ、這いつくばって逃げようとしたところを又兵衛が追いかけてきて、袖を摑まれた。

「泥棒女め、さっさと白状したらどうなんだい。ええ？」

目を血走らせて、又兵衛は声を裏返らせ喚《わめ》く。

「ミイを返せえ」

又兵衛は少々異様なほど気を昂《たか》ぶらせていた。

そのくせ打ってこない。片手に竹箒を持ち、もう片方の手でえつよの袖を引っ張りつつ、又兵衛はふらふら揺れている。

見ると、履物が互い違いだった。右足に下駄、左足に草履を突っかけている。そのせいで足下が落ち着かず、左右へ身が傾いているのだ。えつよはその隙に逃げた。

又兵衛が覚束《おぼつか》ない足取りで追いかけてくる。

やがて、こちらへ駆け寄ってくる足音がした。

「何だい」

又兵衛がうろたえた声で叫んだ。

「邪魔しないでくださいよ。あたしはミイを取り返すんだ」

這いつくばるえつよの頭上で、人が揉み合う気配がする。

「いけません」

おっとりした声が又兵衛を諫《いさ》めた。

目を開けるとおけいだった。又兵衛と竹箒を取り合っている。

隣には、こちらへ越してくる前、橋場町の六助の住まいへ訪ねてきた若者がいた。『しん』で働いている健志郎だ。えつよの盾になる格好で、大股に足を広げて立っている。

「何か事情があるのでしょうが、乱暴なさるのは駄目です。人を呼ばれて騒ぎになったら、困るのは又兵衛さんのほうですよ。さあ、その箒をこちらへ寄こしてくださいな」

「うるさい、放っておいてくれ」

ふたたび声を裏返らせると、又兵衛はおもむろに竹箒を振り上げた。奇声を上げながら、おけいに向かって打ち下ろす。

危ない――！

とっさに目をつぶりかけた刹那《せつな》、健志郎がすばやく動いた。腕を伸ばしておけいを脇にのけつつ、すいと身を躱《かわ》して、箒をよける。

たたらを踏んだ又兵衛が勢い余って転びそうになる寸前、健志郎は片腕を胴体へ回して受け止めた。その流れで又兵衛から竹箒を取り上げる。

一瞬の出来事だった。健志郎に立たせてもらった又兵衛は、ぽかんと口を開けていた。何が起きたのか、自分でもよくわかっていないみたいだ。

腕の中で茶太郎がもぞもぞ動いた。そっと力を緩めると、黒いまなこがこちらを見上げた。ぺろりと温かな舌がえつよの鼻を舐める。

助かった。えつよは安堵《あんど》で身が震えた。

茶太郎を腕に庇ったままおそるおそる顔を上げると、又兵衛がべそをかいていた。つんのめった拍子に下駄が脱げ、片足は裸足になっている。

「ミイをどこへやったんだ」

子どものようにしゃくり上げる又兵衛を、健志郎が怪訝な目で見ている。

「ありがとうございます――」

「いいえ」

えつよが掠《かす》れ声で礼を言うと、健志郎は首を横に振った。にきび痕《あと》のある若者で、どちらかといえばおとなしそうに見えるが、やはり武家だ。健志郎がいなければ、どうなっていたことか。

たまたま通りかかったとは思えない。店は川向こうにあるのだし、飯屋なら夜の仕込みに入る頃だ。

「大丈夫？」

おけいは地べたに膝をつき、心配顔でえつよに言った。

「ちょっと気懸かりなことがあったから、あなたに伝えに来たのよ。明日まで待たなくてよかったわ」

「お嬢さま――」

声を聞いたときは、まさかと思った。生粋《きっすい》のお嬢さん育ちで、暴力沙汰とは無縁で来た人が助けてくれるとは。下手をすれば又兵衛に殴られていたかもしれないのに。

「怪我をしていますよ。すぐにお医者へ行きましょう」

おけいはえつよの全身へ目を走らせ、痛ましそうに眉を曇らせた。

袖が肘までめくれ上がり、入れ墨が晒《さら》されていた。おけいの白い手がそっと袖を下ろした。それから懐紙を出し、口の脇をそっと押さえてくれる。さっき顎を打った拍子に少し切れたようだ。

「ごめんなさい、痛むでしょう」

「平気です」

「嘘おっしゃい」

おけいが子どもを叱るような、優しげな声で言う。

花みたいな匂いに包まれ、うっとりする。

昔からそうだ。おけいは匂い袋を身につけているわけでもないのに、ほんのり淡い匂いを漂わせている。清潔にしているからなのか。大切に慈しまれて育った人のしるしに思われ、ずっと憧れていた。

「あんな目に遭って、平気なわけがないわ。痩せ我慢しないの」

「でも、どこも痛くないんです」

「今は気が昂《たか》ぶっているからよ。そのうち痛んでくるはずだわ」

「だとしても、たぶん平気です。助けていただいたおかげです」

「そうね、健志郎さんがいて良かったわ。わたし一人では、太刀打ちできなかったかもしれない。嫌だ、今になって怖くなってきたわ」

よく見ると、体が小刻みに震えている。それもそうだ。又兵衛は目を吊り上げ、竹箒を振り回していたのだ。怖いに決まっている。

おけいが優しいのは、恵まれているからだと思っていた。

使用人にかしずかれ、身の回りの世話を焼いてもらえるから、優雅に長い袖の絹物をまとい、おっとりしていられるのだ。使用人はそうはいかないと、どこか鼻白《はなじろ》む思いで斜めから見ていた。

けれど、おけいは日本橋の家を出て、洗いざらしの木綿に身を包むようになっても、変わらず優しい。立ち居振る舞いは昔と同じく上品で、あの頃と同じ花の匂いを漂わせている人が、身を挺《てい》してえつよを守ってくれた。おけいは優しいだけではなく強い。

「立てる？　もし無理ならいいのよ。わたしがお医者を呼んでくるから」

言いながら、おけいはもう腰を浮かしかけている。口だけではなく、本気で医者のもとへ駆けていくつもりなのだ。

変わったんだわ——。

この九年で、変わらずにはいられなかったのだ。

お嬢さん育ちで苦労知らずだった人が強くなるのはどれだけ大変だったことか。むしろ、それまで恵まれていた分、落差に打ちひしがれたはずに違いないのに。

えつよは、おけいになりたかった。こんなお嬢さんに生まれたらよかったのにと、憧れていた。

善左衛門を振り向かせたかったのも、憧れが捻《ねじ》れて妬《ねた》みになったせいだと今ならわかる。若い新吉は無理でも、年配の善左衛門なら落とせるかもしれないと、主が使用人に寛大なのをいいことに、思い上がって勘違いしたのだ。

「大丈夫、立てます」

打たれたところは痛むが、足は何ともない。おけいの厚意に甘え、えつよは医者へ連れていってもらうことにした。

「では、わたしは又兵衛さんを送っていきます」

健志郎が申し出た。

「そうしてもらえる？」

「はい。浅草の娘さんのお宅まで行ってまいります」

又兵衛はきょろきょろと辺りを見回し、夢の中にいるような面持ちをしていた。

「どうしてここに？」

怯え声でつぶやき、身を縮めている。健志郎がいたわるように又兵衛の背に手を添えた。

平気かしら——。

又兵衛は明らかに様子がおかしかった。

下駄と草履を互い違いに履いていることにも気づいていないように見える。ミイがいなくなったせいで気が動転しているのか。だとしても、えつよに言いがかりをつけてくるのは妙だ。えつよより、むしろ又兵衛を医者に連れていったほうがいいかもしれない。

考えていると、出し抜けに拍手の音がした。

「大した腕ですな、お武家さま」

桜の木の後ろから、中年男がぬうと出てきた。

中肉中背で、顎がやや張っている。商家の手代のような木綿の着物に地味な帯を締め、四角い顔をわざとらしくほころばせている。

「助けに入ろうと思いましたが、無用でしたな。いやあ、お強い」

中年男は愛想よく話しかけ、健志郎を褒めた。

「それほどではございません」

「ご謙遜を。やはりお武家さまは違いますな。何流をお遣いになるんです」

「失礼ながら、どちら様ですか」

健志郎が硬い声で訊ねた。

「お武家さまは小倉さまとおっしゃるそうですな。お隣にいるのはおけいさんですか。『しん』はうまい飯屋だと、お噂はかねがね耳にしておりますよ」

名乗ろうともせず、男は勝手に喋った。健志郎が気色《けしき》ばみ、口を開こうとしたが、おけいが袖を引いて黙らせた。

「あたしは長吉《ちょうきち》と申します」

滑らかな口振りで言い、袖からちらりと十手《じって》を覗かせる。えつよが身をこわばらせると、長吉はこちらを見てニヤリとした。

「あんたがえつよ先生ですな、犬医者の。ご活躍だそうで。あんたの噂もよく聞きますよ」

慇懃《いんぎん》な口ぶりが耳に障ったが、えつよは平静を装って答えた。

「いえ。あたしは犬医者ではありません」

「おや、違うんですか」

「ええ」

ふん、と鼻で笑うと、長吉は冷たい目でえつよの肘の辺りを一瞥《いちべつ》した。ぞくりとして身を退《ひ》くと、笑みを吹き消す。

――何が先生だ、入れ墨者が。

そう聞こえた。

長吉はほとんど声に出さず、口の形で伝えてきた。えつよを見据えたままにこやかな顔を作り、又兵衛の腕を取る。

「あたしが送ってまいりますよ。浅草に行く用事があるのでね」

「ですが……」

「口出しは無用に願いますよ」

健志郎をひと睨みで押さえ、長吉は続けた。

「心配しなくても、ちゃんと送り届けますよ。あたしに任せておくんなさい。なに、あたしは慣れているんです、父親が死ぬ前にこんなふうだったんでね。娘夫婦にもきっちり言っておきますよ。くれぐれも父親から目を離すな、とね。気を抜くと、また火でも出されかねない」

長吉は橋場町で起きた火事のことを探っているのだ。そして、又兵衛を怪しんでいる。

おけいは健志郎と顔を見合わせ、暗い目をした。

又兵衛は長吉に従い、互い違いの履物で歩きにくそうに去っていった。

ミイは親類の家にもらわれていったのだそうだ。又兵衛と長吉の姿が遠ざかった後、おけいが教えてくれた。

物忘れがひどくなり、一日に何度もミイへ餌を与えようとするのだとか。いくら家の者が止めても耳を貸さず、嫌がるミイの口をこじ開けようとするのを見かねて、隣町の親類へ里子《さとご》に出したのだそうだ。

おれんはどうしているだろう。

又兵衛の女房の顔を思い出し、えつよは胸を痛めた。

火事の後、二人は浅草の娘夫婦の家から何度も、橋場町までミイをさがしにきていた。おれんにとっても、ミイは大事な飼い猫だったはずだ。又兵衛の病のことも案じていたに違いない。火事のことでも胸を痛めていたことだろう。

そのうち、様子を見にいってみようか。病を治すことはできないが、愚痴や恨み言の捌《は》け口《ぐち》にはなれると思うから。


四半刻後。

「さあ、帰るよ」

医者の家の前で、茶太郎はおとなしく待っていた。

手の甲に晒《さらし》を巻いたえつよを見て、怪訝そうに顔を傾げる。見慣れない姿だと思っているのだろう。幸い、大ごとにはならなかった。手の打ち身と顔の傷だけで、安静にしていれば十日ほどで傷もふさがり、痣《あざ》も消えるという。

歩き出すと、茶太郎は何度もふり返った。くんくん、と匂いを嗅ぐのは、軟膏《なんこう》の匂いが気になるからか。

「あなたを心配しているのね」

寄り添ってくれているおけいが、感心して言った。

「茶太郎は優しいんです」

「六助さんみたいね」

「そうかもしれません。犬は飼い主に似るので」

「まあ、仲が良いこと。ご馳走さま」

おけいが駆けつけてきたのは、お昼前に『しん』へおふさがやって来たからだという。

橋場町に暮らしていた頃の六助の隣人だ。井戸端でも何かと声をかけてくれた人だが、内職の仕立物を届けにいった帰りに店へ寄ったと、店で健志郎に話していたという。

それだけだったのだが、おけいにはどうにも引っかかったのだとか。

向島に住んでいることは、先にえつよが『しん』を訪ねてきたときに話してくれた。

健志郎はおけいから聞いていたから、おふさにその通り伝えたのだが、後になって教えてよかったかと相談してきたのだという。

その数日前に、おけいは又兵衛の様子がおかしいと、近所の噂で聞いたらしい。

ミイがいなくなったのは犬医者のえつよが連れていったからだと、わけのわからないことを言っている。そういう噂だった。それが頭にあったから妙な胸騒ぎがして、おしげとも相談し、急ぎえつよの耳に入れたほうがいいと伝えに来てくれたのだった。

おふさは又兵衛に頼まれ、えつよの居所を探っていたようだ。幾ばくか手間賃をもらったのかもしれない。おふさの夫が腰を痛め、大工仕事を休んでいることに、えつよは気づいていた。しょっちゅう井戸端に出ていたのは、狭い家で夫と顔を突き合わせていると喧嘩になるからだ。

とはいえ、おふさは悪い人ではなかった。よほど暮らしに詰まり、日銭《ひぜに》に目が眩《くら》んだのだ。

「又兵衛さん、しばらく前から具合がすぐれなかったみたいね」

忘れるのはミイの餌だけではない。

根付《ねつ》けや財布をたびたびなくし、ときには火のついた煙管《キセル》を置いたまま出かけ、畳に焦げを作るようになった。

近所の者も、何度か夫婦喧嘩を目にしたことがあるという。

そんな中、火事が起きた。表立って口にする者はいなかったが、又兵衛の火の不始末ではないかと疑われていたようだ。娘夫婦の家に移ったのも、老夫婦二人で暮らすのは限界だったからだ。

浅草に越してから、又兵衛の病は一気に進んだという。年寄りは変化に弱い。

「ミイもいなくなって、だいぶ荒れているようだと聞いたから、あなたのところへ押しかけて何をするかわからないと思ったの」

そのためにわざわざ、夜の仕込みもあるのに健志郎と二人で駆けつけてくれたというのだから、おけいには頭が下がる。二人があらわれなければ、どうなっていたことか。

それはそうと――。

長吉がえつよを罪人と知っていたことが気になった。

袖がめくれた拍子に入れ墨が見えたわけではないだろう。あの目つきからして、前から知っていたに違いない。

思い当たる節といえば、橋場町の六助の家から出ていく日のこと。

えつよは土手沿いの道で、袖をまくって腕の入れ墨を晒した。あのときに見られたのかもしれない。つくづく己の迂闊《うかつ》さが嫌になる。

十手持ちに目をつけられたのなら、静かに暮らしていくのは難しい。

きっと噂はすぐに広まる。隣近所に嫌がられ、また引っ越すことになるかもしれない。せっかく、おけいやおしげとふたたび交流が持てるようになったというのに。そう思うと目の前が暗くなりかけたが、でも、と思い直した。少なくとも六助はいる。六助が一緒にいてくれるなら辛抱できる。

六助はえつよの過去を知っても逃げなかった。この世にたった一人でも、味方になってくれる人がいる。それで十分。これまでしぶとく生きてきた甲斐があった。

罪人になったのを機に、えつよは親から絶縁された。

仕方ない。親にも暮らしがある。弟もいる。罪人の姉がいては、縁組みにも差し障るのだから。

弟――。

「若旦那もこの辺りに住んでいらっしゃるのですね」

ふと向島に越してきてすぐに、新吉に声をかけられたことを思い出し、えつよは言った。

先日『しん』に行ったとき、その話をするつもりだったのだが、おけいの元夫の仙太郎に出くわした驚きで、すっかり忘れていた。

川を隔てているものの、渡し舟を使えば行き来もできる。やはり『藤吉屋』の一家は今も変わらず慈しみ合っているのかと、親に絶縁されたえつよは少々羨みながら口にしたのだが、果たして相槌が返ってこなかった。

「……若旦那？」

訊き返すおけいの声が低くなった。

「新吉さまのことです。少し前に、茶太郎を散歩させていたら声をかけていただいたんです。——あの、ご存じなかったんですか」

目を瞠《みは》ったまま、おけいが浅くうなずく。

「あの子に会ったの？」

「はい」

「新吉はこの近くに住んでいるの？　場所はわかるかしら」

知らないのだ。

血相を変え、上ずった声で問うてくるおけいを目の当たりにして悟った。新吉とは少し言葉をかわしたものの、どこに住んでいるか訊かなかった。こちらから訊ねるのは憚《はばか》られたのだ。

遠慮などしなければよかった。裾に縋りついてくるおけいを見て、えつよは悔やんだ。

三

その晩、おけいは暖簾をおろすなり、おしげと小上がりに入った。

店の片付けは後回しにして、平助と健志郎には先に帰ってもらった。取るものも取りあえず、えつよに聞いた話を伝えたかった。

「向島？」

「ええ、そうですって。あの子のほうから声をかけたそうですよ」

おしげはびっくりしたように目を剝いている。

「それで？」

「元気そうだったらしいわ。よく日に焼けて、笠をかぶっていたって」

「笠？」

あまりに急な話で、おしげはうまく呑み込めないようだった。

「どうして、そんなものをかぶっているの。日に焼けていると言うと、外で仕事をしているのかしら」

「わからないわ。少し立ち話をしたくらいみたいだもの」

「そうよね。えつよさんは新吉の居場所を知っているのかしら」

「知らないのですって。たまたま茶太郎を散歩させているときに、道で会っただけだから――」

「そのときの話を聞きたいわ。明日にでも、えつよさんのところに行けないかしら」

「いいわ、お店はわたし一人でどうにかするから。平助さんには、母さんは用事ができて出かけていると言っておきます」

「そうしてくれる？　あなたに世話をかけて悪いわね」

「平気よ」

健志郎にお運びを手伝ってもらえば何とかなる。そうと決まると、おけいは腰を上げた。店の片付けをして、晩ご飯を用意しなければならない。

といっても、手の込んだおかずを作っても喉を通るかどうか。今日はあっさりとお茶漬けくらいにしておいたほうがよさそうだ。

厨へ行き、お櫃《ひつ》のご飯を確かめると、二人分と少々残っていた。茄子の浅漬けを刻み、ついでに梅干しも出した。

湯を沸かすために薬缶《やかん》に水を入れると、帰ったはずの平助が厨へ顔を出した。

「お茶漬けかい」

「あら――」

「それもいいが、漬け物だけじゃあ口寂しいだろう。どれ」

当たり前の顔で厨へ入ってきて、お櫃を覗き、「うん」とうなずく。

「これだけあれば十分だ。おい、健志郎。鍋に出汁《だし》を入れてくれ」

「わかりました」

返事と共に、健志郎も入ってきた。店にいるときと同じように前掛けをつけ、袖を襷で括《くく》っている。

「出汁はたっぷり使っていいぞ。ケチると水臭くなるからな、おけいさんみたいに。

――なんてな」

平助は俎板《まないた》に干し大根と、今日の蒲焼きの余りを載せた。

「せっかく鰻があるんだ。明日の朝までは取っておけねえから、うまいうちに食ったほうがいいよな。鰻飯にするには蒲焼きも飯も足りねえから、雑炊《ぞうすい》にするかね。夜に食うにはぴったりだぜ」

「引き返してくださったの？」

「おう。昼の商いの後、おけいさんが健志郎を連れてどこかに出かけたと思ったら、白い手に傷をこさえて戻ってきたからな。事の次第は健志郎から聞いたが、どうもそれだけじゃねえ。心配事は他にあるって顔に書いてあるぜ」

おけいは向島から戻っても、詳しい話はしなかった。

ただでさえ夜の仕込みで忙しいところへ、降って湧いたように新吉が近くにいるとわかった。早くおしげに伝えなければ。そのことで頭が一杯で、わけも話さず平助と健志郎を帰したのだ。

小さな店で隠しごとはできない。

「で、何があったんだね？」

包丁を使いながら、平助がさらりと訊いてきた。

「いい加減、話してくれてもいいんじゃねえか。もう身内みてえなもんだ。どんな話が飛び出しても、たまげたりしねえ」

平助の声には情が籠もっていた。

「ちゃんと薬をつけたかね。放っておくと、痕が残るぜ。ご自慢の手に染みができたら嫌だろ」

へへ、と笑いながら言う平助の肩を叩き、おけいは上目遣いで睨んでみせた。

「嫌ね、自慢になんてしてません」

「いいから見せてみな。小さい傷ほど疼くんだぜ。——ほら、棘が刺さってるじゃねえか」

又兵衛と竹箒を取り合っていたときに刺さったのだろう。そのときは夢中で気づかなかったが、店に戻ってきてから、どうも親指の腹がチクチクすると思っていた。切り傷もある。

小上がりから出てきたおしげは家に戻り、針と軟膏を持ってきた。

平助と二人で小上がりへ行き、棘を抜きに掛かった。

「見えねえなあ。もうちっと行灯《あんどん》の傍に寄ってくれるかい」

「歳のせいだわね」

「おしげさん、やれるかね」

「むろんですよ」

「だったら、ほれ」

平助から針を受けとったおしげは、それを健志郎に渡した。

「はい、やってちょうだい。こういうのは若い人のほうが得手《えて》でしょう」

「逃げたか」

「そんなんじゃありませんよ。わたしは洗い物があるから。手に傷のあるおけいにさせられませんからね」

「わたしがやります」

健志郎が言い、針でさっと棘を抜いてくれた。

「さすが若い者は目がいいな」

「こんなことでしたら、いつでもお申し付けください。それより師匠。出汁が沸きそうです」

「おっと、そうかい」

平助は慌ただしく厨へ戻っていった。その後ろを健志郎が追いかけていく。

小上がりで、おしげに棘の抜けたところへ薬をつけてもらった。

「はい、おしまい。しばらく、おとなしくしていなさいね」

「ま、子どもみたい」

「子どもですよ。無鉄砲な真似をするんだもの」

おしげは怒っているようだった。なぜ指に棘が刺さるような羽目になったのか、おけいが隠しているからだ。

おしげの言う通り、又兵衛が錯乱しているときに近づくべきではなかった。

「健志郎さんがいるのに、あなたがしゃしゃり出ることはないのよ」

「本当ね」

そうするべきだったと、今は思う。元気だった頃の姿を知っているからと、甘く考えていた。こちらが誠意を見せれば、又兵衛も落ち着くに違いないと思ったのは、いかにも無知な者の驕《おご》りだった。

「心配するのは、新吉のことだけで十分」

元気そうだったと、えつよは言っていた。

日に焼けて笠をかぶっていた、とも。九年前の新吉は思いつめた目をしていた。江戸を出てすぐ、命を絶つのではないかと思った。新吉は生きているのだ。赦免され、江戸に戻っている。

「できたぜ」

平助が厨で声を張り上げた。

手の傷が今になって疼いてきた。こんな感覚は久々だった。母に薬をつけてもらったのも何年ぶりのことか。

夜、家に出汁の煮える甘辛い匂いがして、みんなが集まっている。ちょっと指に棘が刺されば、大騒ぎして抜いてくれる。もしこれが小さな切り傷で収まらず、大きな打ち身でもこしらえて戻ったら、おしげも平助も血相を変えたに違いなかった。

平助の言ったとおりだ。ここにいるのは身内。今さら格好つけることもない。

「ねえ、母さん。えつよさんのことだけど——」

おしげが話を聞きにいくのではなく、ここへ来てもらってはどうか。何なら六助と一緒に。新吉の話はもちろん、又兵衛のことも知らせておいたほうがいいと思うから。

「へえ、弟さんが」

九年前に江戸十里四方払いになった新吉が、赦免されて戻ってきているようだと話しても、平助はさして驚かなかった。

しかし、又兵衛がえつよを打っているところに出くわし、止めに入ったと言ったら険しい顔になった。途端に低い声で窘《たしな》められた。

「そいつはいけねえよ、おけいさん。いくら年配でも相手は男だ。指に棘が刺さったくらいで済んだのは幸いだったが、そいつはたまたま運がよかったんだ。次からは、端《はな》っから健志郎に任せるといい」

「わたしもそう言ったの」

箸を置き、おしげが思い出したように眉を吊り上げる。無謀だったと今はちゃんとわかっている。あのときは夢中で怖さを感じなかったが、竹箒で打たれてもおかしくなかったのだ。

「師匠とおしげさんのおっしゃるとおりです。こう見えて、わたしは意外と遣えるのですから。いつでも申しつけてください。どこへでも馳せ参じます」

健志郎が生真面目にうなずき、おけいは胸の中がほのぼのと温かくなった。

店で働きはじめて一年も経っていないのに、もうすっかり内輪の人になっている。家に若い人がいるのはいい。古びた店に活気を吹きこまれる気がする。

新吉がどんな罪を犯したのかと、平助は訊かなかった。江戸へ戻ってきたのなら、また会えるだろうよ、と言い、元気ならよかったじゃねえかと、おけいとおしげを励ましてくれた。

こんなことなら九年も隠しておくこともなかったと、拍子抜けした。若い健志郎も黙って話を聞いていたが、えつよが『藤吉屋』の使用人で、九年振りにたまたま顔を合わせたのだと言ったとき、「世間は狭いのですね」と年寄りじみた言葉を漏らしたのにはみんなで笑った。

「世間も狭いが、縁があるんだろ。神様か仏様が巡り合わせてくれたんだ」

「なるほど、神仏が人と人の縁を撚《よ》り合わせているのですね」

健志郎は感心している。

新吉の一件で日本橋を離れ、橋場町へ来たときには、寄る辺《よべ》もない身の上が心細かった。夫と離縁し、おしげと二人きりで生きていく覚悟をしていたが、ひょんなところでえつよと再会した。

これが三年前なら、やはり平助にも事情を伏せていたと思う。二年前でもどうだったか。

おけいは臆病で、おしげは慎重だ。身内の恥を晒すのは、たとえ相手が平助でもためらいがある。が、もう昔のことだ。

生きていると、何が起こるかわからない。

今日を恙なく過ごせることが、どれほどありがたいことか。火事のこともあり、おけいはそのことを身に染みて感じるようになった。三十七まで生きてこられた幸せを噛みしめるようにもなった。

思わぬところで傷を負うこともある。けれど、ときが経てば傷はふさがる。指の怪我と同じように、疼いたとしても、日にち薬で必ず癒える。ちゃんとまた、笑える日が来ると、九年前の自分に言ってやりたい。

小上がりには、鰻雑炊の湯気がふんわり漂っている。

暑い中で熱いものを食べているから、みんな汗をかいていた。

「おいしいわねえ。わたし、蒲焼きを雑炊にしていただくのは初めてですよ」

湯気を吹き吹き、おしげが言った。

「お上品な食い方じゃねえからな。けど、なかなかいいもんだろ。出汁と卵で味が丸くなるから、暑さでへばってるときでも入る。かさ増しに入れた干し大根にもたっぷり旨味が染み込んで、いい働きをしてるだろ。野菜は干せば干すほど味が深くなるんだぜ。人も同じだ。段々味が染みてくるんだぜ。おしげさんみたいに。――おっと、こいつはいけねえ。口が滑った」

「ひょっとして、褒めてくださっているつもりかしら」

「うん？」

汗をかきかき鰻雑炊を平らげた後は、四人で店の後片付けをした。

平助と健志郎を外まで見送りに出ると、月明かりで明るかった。これなら二人も安心して帰れるだろう。

次の朝、魚河岸へ仕入れにいくついでに、平助と健志郎が向島へ行うことになった。えつよは近いうちに『しん』へ来るという。

四

日が暮れなずんでくると、蝉に替わって蛙の声がやかましくなる。

舟が川縁につくと、六助が手を貸してくれた。

「落っこちないよう気をつけてな」

えつよが舟を乗り下りするたび、欠かさず六助は同じことを言う。

「大丈夫ですよ。さ、おいで」

茶太郎はひょいと身軽に縁を飛び越え、川縁に下りた。舟に乗せるのは橋場町に暮らしていたとき以来だ。えつよと所帯を持ってから、六助は一人で舟に乗るようになった。口が重いなりにどうにかやっているようで頼もしい。

今日も仕事を早めに切り上げ、えつよに付き添ってくれている。しかも手みやげまで用意して。六助も『しん』へ来るのを楽しみにしているのだった。

白木の看板が夕焼けに映えている。

新吉の名から取った屋号なのだと、今ならわかる。遠目にも見える太字はおしげの祈りだ。

茶太郎の紐を木の幹に結ぶと、えつよは六助と二人で店を訪ねた。

「まあまあ、いらっしゃい」

戸が開き、華やかな声に出迎えられる。

「ほ、本日はお招きに与《あずか》りまして」

六助が、えつよより先に挨拶した。

「よくおいでくださいました。お仕事もあるでしょうに、お世話をかけまして」

「これ、よかったら」

「嬉しい。長命寺《ちょうめいじ》の桜餅、わたしもおけいも大好きなのよ。いいわねえ、六助さんたちはご近所だから、いつでも食べられるわね」

「お好きなら、また買ってきます」

日に焼けた顔を火照《ほて》らせて言う六助を、おしげが小上がりへ案内した。

「いい旦那さまね」

小声でおけいに囁《ささや》かれ、えつよは照れながらも浅くうなずいた。

今日は早めに店じまいしたそうだ。それだけ新吉の行方を知りたがっているのだ。

おけいとおしげの気持ちを汲んで、小上がりに尻をつけるなり、えつよは知っていることを話した。

とはいえ、話せることは多くない。

新吉は住まいの在処《ありか》を明かさなかった。今の仕事についても然《しか》り。えつよが聞いたのは、新吉が元気でやっていることくらい。

おしげの眉が曇るのを見て、えつよは申し訳なくなった。

「でも、もしかしたら、と思い当たる方がいるんです。ね？」

「あ、ああ」

六助が膝の上で拳をきゅっと握った。

「ひょっとすると、おいらの知り合いの方じゃねえかと」

「六助さんの？」

「その人、茶太郎とおいらを知ってたみてえなんです。で、ひょっとしたら、って。見た目も似ているというか、おいらの知っているお方も背が高くて、日に焼けた姿のいい人なんです。な、名前もたぶん新市で、一字違いだから」

「詳しくお話ししてもらえるかしら」

おしげが身を乗り出した。おけいも固唾《かたず》を吞み、胸に手を当てている。

えつよが家で六助に、向島で『藤吉屋』の新吉に声をかけられたと話したとき、六助が「ひょっとしたら、おいら、その人のことを知ってるかもしれねえ」と言い出した。

前に、川で溺れかけていた茶太郎を助けてくれた船頭がいる。その人が新吉ではないかというのだ。

「船頭をしている人です。親切で、茶太郎にもよくしてくれた。おいらにも、犬と一緒にいたいなら働けって。人はひもじい思いを辛抱できるが、犬にそれをさせちゃいけねえ、人の勝手で手許に置くんだから、ちゃんと守ってやれよ、って言ってくれたんです」

新吉の言いそうなことだ。使用人を大事にしていた、善左衛門の言いそうなことでもある。

「おいらは顔が広くないし、茶太郎の名も知っている人となると、数えるほどしかいません。だから、たぶん、おいらの知っている新市さんが、おさがしの方じゃねえかと思うんです」

もとより口が重く、喋るのが不得手な六助の話はあちこちでつっかえ、すんなりとは進まない。それをおしげもおけいも口を挟まず聞いていた。

「ありがとう、教えてくださって」

ようやく話が一段落したところで、おしげが礼を述べた。六助は汗びっしょりの顔をわずかにほころばせた。

「あなたのおっしゃるとおりだと思うわ。その船頭が新吉でしょう。もう二年前になるけれど、お店のお客さんからも、同じ人の噂を聞いたことがあるの。仲のいいご夫婦で、確か旦那さまは儒者をなさっている方でしたよ。新市という船頭に、舟に乗せてもらったと聞いて、川までさがしにいったこともあるのですけれど。――そう、あの子が茶太郎ちゃんを助けたの」

「新吉は、子どもの頃から泳ぎが達者だったから」

おけいが小声でつぶやく。

「達者だったわねえ、それで川へ飛び込んだのね。会えることになったら、褒めてやらないと」

新吉に救われ、六助も生き延びることができたのだと、えつよは思う。

可愛い茶太郎の命を拾ってもらい、強くなれと諭してもらった。自分は馬鹿だと卑下《ひげ》していた六助も、茶太郎のためなら勇気を出せる。新吉は犬好きの気持ちをよくわかっている。飼い主とはそういうものだ。

「おいら、船頭仲間に訊いてみます。誰か親しくしている人がいれば、家の場所がわかるかもしれねえから」

「そうしてくださる？」

「も、もちろんです」

六助が力んで返事をすると、おしげは神妙な面持ちで、おけいと目を見合わせた。

会えますように。

一日も早く。みんな元気なうちにと、二人のためにえつよは願った。

おしげは今も昔も美人だが、寄る年波で小さくなった。背筋を伸ばしてシャンとしている姿を見ると、やはり申し訳なくなる。えつよが邪《よこしま》なことを企《たくら》まなければ、今も『藤吉屋』の女将でいたろうに。新吉も女房をもらって、子の一人や二人いたはずだ。

話に一区切りつくと、店の中が薄暗くなっているのに気づいた。おけいが立ち、行灯に火を入れた。

居所は知れなくとも、少なくとも新吉が生きていることがわかったのは明るい材料だ。船頭をしている新市で、向島や橋場町で渡し舟を流している。きっと遠くないうちに会えるはずだ。

「じゃあ、ご飯にしましょうか」

おしげが場を締めるように言った。

「二人とも食べていってくださるでしょう。平助も腕を振るうと言っているのよ。お口に合えばいいけれど」

「あなた、ご飯は軟らかめが好きだったわね。今もそう？」

おけいに訊かれ、えつよはすぐに返事ができなかった。

「違った？」

「いえ、そうです。――憶えていてくださったのですか」

「おけいは食いしん坊だから。ご飯のことは忘れないのよ」

脇からおしげが混ぜっ返し、おけいが頬をふくらませた。三十七とは思えない、可憐な仕草がよく似合っている。

「さ、おけい。厨へ行くわよ」

「お手伝いします」

えつよは明るい顔で腰を浮かせた。

「そう？　助かるわ」

まるで昔に戻ったみたいだ。『しん』でおしげやおけいと食事の支度をするなんて、己のしでかしたことを思えば夢のようだ。

ふと目頭が熱くなり、えつよは袂から手ぬぐいを出した。

その拍子に常々持ち歩いている、もう一枚の刺し子の手ぬぐいが落ちた。

「あら――」

おけいが手ぬぐいに目を留めた。刺し子の大菊尽くしを注視している。

「ひょっとして、これはお嬢さまのものですか？　ここを出てすぐの橋の杭に結びつけられていたのを拾ったんです」

えつよは手ぬぐいを拾い、おけいの目の前で広げた。

「すごく立派な刺繍だったので、きっと大切なものだろうと思って。いつでもお返しできるよう持ち歩いていたんです」

「まあ、そうなの。――健志郎さん」

早足に厨へ向かったおけいが、健志郎を連れて戻ってきた。刺し子の手ぬぐいを見て目を輝かせる。持ち主はここにいたのか。亡くなった母上の手製なのだそうだ。あの火事の日の朝、風に飛ばされてしまったのだとか。

健志郎の紅潮した頬を見れば、どれほどさがしていたかわかる。

あの大菊尽くしは、どれほどの手間をかけて刺したものなのだろう。母が子を思う気持ちが、亡くなったあとも花の形で残っている。

誰かが拾って杭に結び、えつよを介して健志郎の手に戻った。亡くなってもなお、親が子を思う心が縁と縁を撚り合わせてくれたのかもしれない。

健志郎が厨へ戻り、ふたたび小上がりは四人になった。

「お返しできてよかった」

小声でつぶやいて、六助を見た。

思いつめたような目をしている。六助も母親を亡くしているから、恋しがっているのかと思っていたら、

「あ、あの――」

六助はあらたまった姿勢で畳に手をついた。

「おいら、お、おしげさんのことをおっ母さん代わりと思っていて。――迷惑かもしれねえけど」

いきなり何を言い出すのかと思った。えつよは面食らったが、おしげは嬉しそうだった。

「まあ、光栄だわ」

「おいらには血のつながった身内はいねえから、親孝行の真似ごとをさせてもらいたいんです――。あと、おけいさんにも姉代わりになってもらえたら、って」

「あら、わたしも？」

「へい、すみません」

「どうして謝るの」

六助はしきりに首を捻りつつ、訥々《とつとつ》と自分の話をはじめた。

「おいら、貧乏育ちで、そもそも大したものも食ったことがないんで、好きなおかずとか、よくわからないんです。だから、初めてこの店に来て、おけいさんに何を食べたいか訊かれても答えられなかった」

「そうでしたね。茶太郎ちゃんの好物は鮒《ふな》だって、すぐに教えてくれたのに。六助さんは何もおっしゃらなかった」

おけいが穏やかな口振りで述懐する。

そんなことがあったのか。

初耳だが、うなずける話だった。

六助はえつよの出すご飯に文句を言ったためしがない。実はそれが内心気懸かりだった。えつよの料理が下手だから、黙って食べているのではないかと。そうではなかったのだ。

「おいしいとか、まずいとか、あんまり感じたことがなかったんです。口に入れればそれで十分で。食いものなんて、どれも同じだと思ってました。けど、初めてこの店で出してもらったおにぎりは、とびきりうまかった。ほっぺたが落ちるみてえで。おいら、たまげたんです」

「憶えていますよ、おかかと白胡麻のおにぎりね」

おしげが懐かしそうに言い、目を細める。

「あんなにうまいもん、初めて食いました」

「そうなの。いつでも食べにいらしてちょうだいな。今日も召し上がるでしょう？」

「はい」

六助は勢いよくうなずいた。

「おいら、この店に来て、初めて好きな食べものができたんです。しかも、みなさんと話しながら食べると、またうまくて。この店のおかげで、人並の幸せを知りました。そうしたら前に比べて世間が怖くなくなって——、おいらもちゃんとやれるんじゃないかと思って、お、おかげさまで所帯まで持ちました」

そこまで喋ると、六助はいったん口を閉じた。

焦れったいような間が空く。一同の視線を集め、六助は赤くなった。もじもじと照れたように身をよじってから、意を決したようにふたたび口を開いた。

「おいらに孝行させてもらえませんか、――女房と二人で……」

言い終わるや否や、六助は耳まで赤くなった。

「は、はは」

不慣れな長話を終え、肩の力が抜けたように笑っている。

こちらまで顔に血が上った。つむじから湯気が出そうだ。堪らず顔を伏せると、
小上がりの障子に映る痩せた人影に気づいた。聞こえよがしに咳払いをしてから、
障子戸を開ける。

「そろそろ入っていいかね」

平助は麦湯の載った丸盆を手に持っていた。

「話が盛り上がってるみてえだから、外で控えてたんだが。いい加減、喉も渇いた
頃だと思ってな。待たされたもんで、ちっとぬるくなってるかもしれねえが」

「すみません」

おけいが腰を上げる前に、えつよは丸盆を受けとった。

「ありがとう、助かるわ」

「いえ」

麦湯は程よく冷めており、香ばしかった。平助が話の輪に加わると、しんみりした空気がざっくばらんなものに変わる。上品なおしげやおけいとは違い、奥歯が見えるように大口で笑う平助だが、この店にしっくり馴染んでいる。

日が落ちて涼しくなったからと、夕飯は外で食べることになった。茶太郎だけ除《の》け者では気の毒だと、平助が言い出したのだそうだ。

外では健志郎が茣蓙《ござ》を敷き、蚊遣《かや》りを焚《た》いていた。

えつよや六助、おしげ、おけいが出ていくと、ぱっと立ち上がって敷物を薦める。木の幹の脇で寝そべっていた茶太郎も、喜んで六助にじゃれつく。

「紐を外しておやりなさいな」

おしげの許しを得て、六助が茶太郎を放した。

「さあて、始めるか」

全員が茣蓙につくと、平助が張りきった声を出した。茣蓙の外には大きな焼き網が用意してある。

「お二人さん、今日は俺の好物に付き合ってくれるかい」

平助はえつよと六助を見て笑った。

「秋刀魚《さんま》だ」

いそいそとした足取りで厨へ戻り、ぴかぴか光る魚と団扇を持ってくる。

「今日の朝市で獲れ立てを仕入れてきたんだよ。猫またぎだ、何だと言う奴もいるけどよ、脂の乗った秋刀魚は頭から尻尾までうまいんだぜ。まあ、まだ走りだから小さいけどな」

「わかります」

応じると、平助は「おっ」と嬉しげな相槌を打った。

「気が合うねえ、えつよ先生。だったら、いっとう大きいのをやるよ」

「いいんですか?」

「もちろん。腹一杯食ってくれ」

平助が火をつけると、網の周りがぽっと明るくなった。

ゆるりと川風が吹いてきて、顔の火照りが徐々に収まってきた。

草の匂いが鼻先をくすぐる。昼間の蟬に代わり、蛙の鳴き声がやかましいほどだったが、莨蓙の下の土はひんやりとしていた。夏が過ぎていく。あと半月もすれば蛙の代わりに秋の虫が鳴きはじめるだろう。

秋刀魚が焼けてきて、もうもうと煙が昇った。脂の匂いも強くなる。

この分だと、髪にも着物にも染みつく。六助と茶太郎も同じ匂いをさせている。

おしげやおけいに若い健志郎も。それを思うと、信じがたいほど幸せな心地になった。

江戸を追われてから、ずっと一人だった。

気をつけていても、ふとしたときに腕の入れ墨を見られ、人が去っていく。罪を悔い、まっとうに生きていこうとしても誰にも信じてもらえず、その繰り返しだった。

犬医者のところで下働きをしたときには、まあまあ長続きした。犬や猫はえつよの入れ墨を見ても態度を変えない。犬にも猫にも割に好かれるたちだから、犬医者にはありがたがられたが、結局そこも追われた。えつよは行く先々で疎まれ、やむなく苦労して江戸へ舞い戻ったのだ。

平助が額に汗をかきながら火吹き筒を使っている。その横で健志郎が団扇で風を送っているのを眺めているのは飽きなかった。

「もう焼けるぜ」

みんなで網を囲み、秋刀魚がじゅうじゅういうのを聞いていると、お腹より先に胸が一杯になりそうだ。

茶太郎がくうんと甘えた声で鳴きながら、えつよの膝にすり寄ってきた。お腹が空いたのだろう。秋刀魚を味見してみたいのかもしれない。盛んに鼻をひくひくさせ、よだれを垂らしている。

「お、茶太郎も相伴《しょうばん》に与《あずか》りたいのかね」

平助が気づいて、塩を振る前に一口小皿へ取り分けた。

「熱いから火傷しないようにな」

皺の寄った手で、がしがしと茶太郎の頭を撫でる。

「すみません」

六助が申し訳なさそうに眉を下げた。えつよも慌てて頭を下げる。

「いいってことよ。俺が食わせてやりたくて分けたんだから。あとよ、そういうときは謝るんじゃなくて、『ありがとう』って言うんだ。な？　おしげさん」

この人も六助と同じように照れ屋なのだ。教え諭すようなことを口にするたび、顔を赤くしておしげを頼る。

「遠慮せずに、もらえばいいのよ。おいしい、って言ってくれる顔を見られるのが何よりのご馳走なんだから」

「そういうこった」

言いながら、平助は秋刀魚を網から上げ、めいめいの皿へ載せた。そこへ酢橘《すだち》をキュッと搾《しぼ》り、さっそくいただく。焼きたての秋刀魚の身を箸でほぐすと、湯気が立つ。

口へ入れ、熱々の身を嚙みしめる。脂の染みた旨味の後から、焦げの苦みが追いかけてきた。口の中で一切れの身が、次々味を変える。

塩がぴりりと効いているのもいい。物欲しそうに茣蓙の周りをうろうろしている茶太郎にも分けた。塩を落とし、冷ましてから掌に載せると、ふんふん言いながら食いついてくる。

その日の帰り道、六助が舟を漕ぎながら言った。

「おいら、すっかり秋刀魚が好きになったよ」

「だと思った」

「うまいもんだな。やっぱり、平助さんが仕入れてくるのは、いい秋刀魚なのかもしれねえ。これまで食ってきたのとまるで違う」

「そうね」

「外で食ったからかな。いや、違うな。それもあるけど、みんなで食ったからうまいんだ」

「あたしも同じことを言おうと思ってた」

「気が合うな」

おいしいご飯を食べて満腹になり、亭主とたわいない話をしながら同じ家に帰る。これから先、えつよは今日のことを何度も思い出すだろう。

秋刀魚を食べるたび、きっと嬉しくなる。来年は夏の終わり頃からそわそわして、六助と二人で秋刀魚が出始めるのを待つようになる。そんなふうに好物を増やしながら、生きていけたらいい。

五

新吉の住まいを知っているという人があらわれたのは、十日ほど経った頃のことだった。

やはり向島で、綾瀬《あやせ》川のほとりの渋江《しぶえ》村で、百姓から古家を借りているそうだ。朽ちかけたあばら家を、自分で直して住んでいるのだという。船頭をしながら畑で野菜を育てているらしい。

訪ねていく前の晩、おしげは夜更けまで寝付けないようだった。明け方近くまで幾度も寝返りを打ち、浅いため息をついていた。

おけいも同じ。雨戸の外で雀がチュンチュン言い出すまで、まんじりともせず長い夜を過ごした。

漬け物とお味噌汁で質素なご飯を済ませると、すぐに身支度をととのえ、二人で家を出た。

迷った末、塩にぎりを重箱に詰めて持っていくことにした。

新吉は子どもの頃から白いご飯が大好きで、『藤吉屋』では一日三度、食事のたびに炊き立てのご飯を食べていた。上方《かみがた》の酒にはさして関心を示さないが、越後《えちご》の米で搗《つ》いた餅には目がなかった。

『しん』でお客に米の炊き方の好みを訊くのは、新吉に店を見つけてほしいからだ。

渡し場に行くと、六助が舟で待っていた。おけいとおしげを向こう岸まで乗せていってくれるという。

「気持ちいいわ」

舟が走り出すと、おしげが言った。

「川を滑っているみたいね」

「ま、芝居の台詞みたいなことを。でも、あなたの言う通りね。六助さんの腕がいいから、水の上を浮かんでいるみたいだもの。ふわふわして」

おしげは目をつぶり、胸に手を当てた。

水の色が映っているのか、普段より肌が冴え冴えとして見えた。お化粧もしていないのに、白い顔が朝日をまともに受け止めている。

「何です、そんな目で見て」

ふと目を開けたおしげが怪訝そうに顎を引いた。

「老けたとでも言うつもり？」

「違うわよ。あんまり色白だから感心していたの」

「母譲りなのよ。あなたのお祖母さんも白かったから」

「美人だったんでしょうね」

日本橋瀬戸物町の家には、祖母が浮世絵師に描かせた似顔絵があった。瓜実顔《うりざね》のやはり色白な人で、母に目許や口の形がよく似ていた。

「きれいだったわよ。立てば芍薬《しゃくやく》座れば牡丹《ぼたん》を地で行ってたもの。友だちに羨ましがられるから、わたしも自慢でしたよ。よく笑う人で、頬に笑窪《えくぼ》が出るの。あなたみたいに」

「そうなの？」

「前にも話したでしょう。すぐ忘れるんだから」

本当は憶えている。

似顔絵の祖母は近寄りがたい美人だった。その祖母と同じ笑窪が自分にもあると言われ、面映《おもは》ゆかったのだ。

新吉はすっきりした目鼻立ちで、おしげの面影を色濃く宿している。あの子も男にしておくのが勿体ないような色白だった。それだけに日に焼けたという今の顔を、うまく頭に思い浮かべることができない。

「そういえば、又兵衛さん。お咎《とが》めなしになったみたいね」

火事は結局、失火ということで決着がついた。長吉が調べても、又兵衛には病の他に不審な点が出てこなかったのだ。

おしげによると、又兵衛の家から大家の太平と焼け出された家の者へ相応の見舞金を支払うことで落着したのだという。今は娘夫婦のねんごろな世話を受けており、世話役の女中もつけているから、もう火を出す心配はない。

「又兵衛さんも近頃は落ち着いているそうよ。浅草の家に慣れたというのもあるのでしょうね。おれんさんはときどきミイに会いに隣町まで行っていると聞いたわ」

「そうなの。落ち着いているなら、よかった」

「ミイちゃん、ちゃんと玄関まで出てくるらしいわよ。おれんさんの顔を見ると、喉をゴロゴロ鳴らすんですって」

「まあ、可愛い」

「意外よね。わたし、猫はもっと薄情だと思ってたわ」

まったく――。

澄まし顔をして、おしげはすぐにこういう口を利く。

「母さんたら。飼い主の方が聞いたら、気を悪くするわよ」

「本当ねえ。外では言えないわ」

そんな話をしているうちに向こう岸が迫ってきた。

橋場の渡しからは十一間《けん》（約二〇メートル）くらい。川岸に立って見渡すと遠いけれど、舟に乗ってしまえばすぐだ。舟を下りるとき、おけいは息苦しくなった。

心の臓まで痛む気がする。ようやく会える。その昂ぶりで緊張しているのだった。

渋江村まで、六助が道案内してくれることになっていた。

「まだしばらく先ですが、平気ですか。何なら、おんぶ――」

「ありがとう。でも、今のところ平気ですよ」

六助の申し出をやんわりと退け、おしげは自分の足で歩きたがった。渡し場を離れると、田畑が広がっていた。寺も多い。それは橋場町も同じだが、こちらのほうが敷地も広く、建物が立派だ。お屋敷も点在している。日は照っていたが、風は涼しく、歩くのは苦にならなかった。おけいはおしげの足に合わせ、ゆっくり一歩ずつ細い道を踏みしめた。

同じ江戸でも、町ごとに顔が違う。生家のあった日本橋は大店が建ち並び、道幅も広かった。いつでも人通りが多く、朝から晩まで賑やかだった。

比べると、橋場町はひっそりとしている。土産物屋には、日に晒されて色褪せたような古いおもちゃが並んでいたりする。

寂れた町だと見る人もいるだろうが、おけいは気に入っている。川の流れる音を住みはじめた頃は寂しいと感じたが、今では馴染んだ。

屋敷の建ち並ぶ一角を過ぎると、途端に長閑になった。ここが渋江村だ。暮らしているのは橋場町と同じく、百姓が多いのだそうだ。

「もうじきです」

先頭を歩いていた六助が、ふり返った。

あの辺りだと手で示した先は一面の畑だった。道の脇に小さなお地蔵さんが立っている。

どこにいるの――。

ぽつぽつと畑に出ている人がいるものの、背格好を見る限り、年配の者のようだ。

おけいは首を伸ばし、新吉をさがした。

「お疲れですか」

六助が足を止め、気遣わしげな顔をした。

「母さん、疲れてる？」

「わたしは平気ですよ。あなたこそ平気なの」

「ええ」

「本当に？　何だか顔色が悪いみたいだけど。汗もかいているわね。日陰で少し休みましょうか」

「大丈夫よ。日が翳ってきたからかしら、ひんやりしてきたわね」

おけいが答えると、おしげが眉をひそめた。

「翳ってきた、って。何を言っているの」

怪訝な声で問い返され、目を瞬いた。だって、実際その通りではないか。舟を下りて歩き出したとき燦々《さんさん》と照っていた日は、今や雲に隠れて、辺りは日暮れどきのように暗んでいる。

「ちょっと、おけい。あなた具合が悪いのね」

そんなことないわ——。

笑いながら答えたつもりだったが、声にならなかった。視界に薄幕が下りたかのごとく暗くなり、おけいはその場に膝をついた。


「そのおじちゃんは、もういないよ」

ぼんやりした頭で、女の子の声を聞いた。

「いない、って。どういうことかしら」

「引っ越したんだよ」

「どこへ行ったか知ってる？」

おしげは切羽《せっぱ》詰まった調子で訊ねている。

「そんなの知らないよ。けど、遠くへ行くって——」

素《そ》っ気《け》ない物言いが耳に障り、おけいは肘を支えに上体を起こした。目眩《めまい》を起こして倒れた後、六助に背負われて近くの百姓家へ駆け込み、休ませてもらっていた。

親は畑に出ていて、女の子が留守番をしているようだった。

板の間に莫蓙を敷いたきりの質素な部屋だが、すっきり片付いている。布団も日に当ててあって気持ちいい。部屋の隅には、色の剝《は》げた鎌倉彫《かまくらぼり》の鏡台もあった。傾いた衣桁《いこう》には、男物の着物と金魚模様の丈の短い浴衣《ゆかた》が掛けてある。

そろそろと襖《ふすま》を開け、敷居際に膝をついた。

次の間も四畳半だった。こちらは板の間のままだ。

その先に狭い土間と竈《かまど》が見える。赤い鼻緒の下駄が一つと、奥に履き古した男物の草履が一つ。鼻緒が切れているところへ、手ぬぐいを裂いたものが載せてある。後で鼻緒をすげ替えるつもりなのだろう。

「おや、おけい。もう起きてもいいの」

「ええ」

おしげと相対している女の子が、ちらりとこちらを見た。

歳は十くらいか、あるいはあと一つか二つ上かもしれない。真っ黒に焼けているけれど、可愛らしい子だ。人懐《なつ》っこそうな垂れ目で、白目が澄んでいる。

「お茶、淹れますね」

「おかまいなく」

遠慮したが、女の子は分厚い湯呑みに淹れたお茶を運んできた。

ずいぶんしっかりしている。中身は薄い麦湯で、朝沸かしたものを冷ましたものらしい。

せっかくだからと口をつけると人心地ついた。ぬるい麦湯で体が生き返る。ひどく喉が渇いていたのだと、あらためて感じる。

昨夜、緊張してよく眠れなかったせいで、土壇場で迷惑をかけてしまったが何のことはない、訪ねてみれば、新吉は引っ越した後だった。住んでいたのは別の一家だった。女の子の親に訊けば手掛かりを得られるかもしれないが、夕方になるまで戻らないという。

あと半日も居座るわけにいかず、出直すことにした。

やっと見つけたと思ったのに、とんだすれ違いだ。おしげの顔にも疲れが見えた。期待した分、落胆も大きいのだろう。

麦湯を飲み終えたのを潮に、女の子の家を後にした。

「す、すみません」

六助までしょんぼり背を丸めている。

「謝らないでちょうだいな。あなたはちっとも悪くないんだもの」

「なんで越したんだか。そんな話、聞いてなかったのに」

「事情があるのよ。いいわ、出直せばいいんだもの。女の子のご両親に大家さんの名を伺って、次はその人を訪ねることにするわ」

「楽しみを取っておく、と思えばいいわよね」

おけいがつぶやくと、おしげは目をしばたたき、ゆっくり笑顔を作った。

「そうね」

渡し場まで戻り、ふたたび六助の舟で橋場町へ漕ぎ出した。

どこに行ったの――。

胸の中で問いかけてみる。

諦めることはない。

すぐ傍まで辿りついたのだから。次は会える。おけいはそう信じている。

「お腹、空いたわねえ」

舟の上でおしげが呑気にぼやいた。

「これ食べる？」

重箱をちょっと掲げると、おしげが破顔した。

「そうね、せっかく作ってきたんだもの。六助さんも食べるでしょう。ただの塩にぎりだけど、いいお米を使ったからおいしいわよ。お店に戻ったら、みんなでいただきましょう。熱いお味噌汁と一緒に」

店では、平助と健志郎が首を長くして待っている。

会えなかったと言えば、二人とも我がことのように残念がるはずだ。その顔が目に浮かぶ。優しい人たちに支えられていることが、つくづくありがたい。

新吉。

舟を漕ぐ姿を目に浮かべてみる。

笠をかぶり、静かに川にいる新吉。もし見かけたら、大きく手を振ろうと思っている。

そう遠くない、いつか。また会える。

健志郎の大菊尽くしの手ぬぐいが戻ってきたみたいに、糸をたぐり寄せるようにして。その日は、ほんのすぐそこまで迫っているに違いない。

姉さん――。

波音にまぎれ、懐かしい声で呼ばれた気がした。

光文社文庫

文庫書下ろし／長編時代小説

家《か》族《ぞく》 名残《なごり》の飯《めし》

著者 伊《い》多《た》波《ば》碧《みどり》

2023年7月20日 初版1刷発行

発行者 三宅貴久
印刷 堀内印刷
製本 ナショナル製本

発行所 株式会社 光文社
〒112-8011 東京都文京区音羽1-16-6
電話 (03)5395-8147 編集部
8116 書籍販売部
8125 業務部

ISBN978-4-334-79561-0 Printed in Japan

組版 萩原印刷